七菜なな
イラスト／Parum
デザイン／伸童舎
男女の友情は成立する？
いや、しないっ!!
JN073664
Flag 6.
じゃあ、今のままのアタシじゃダメなの？

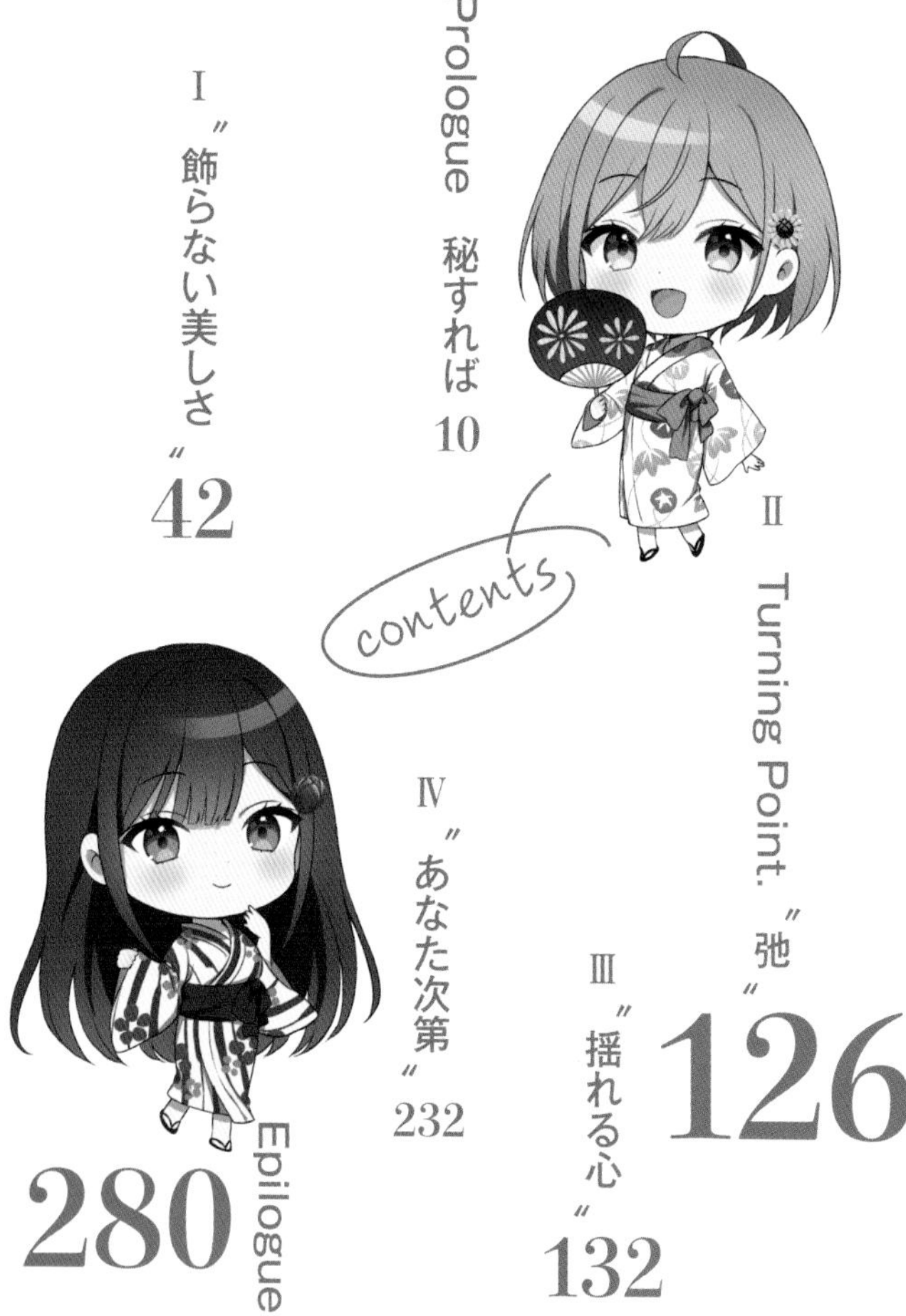

contents

男女の友情は成立する？
（いや、しないっ!!）
七菜なな
イラスト／Parum
Flag 6.
じゃあ、今のままのアタシじゃダメなの？

Prologue
秘すれば

◇◇◇

思い出ばかりが綺麗になっていくのを自覚したとき、きっと人は醜くなるのを止められなくなるんだろう。

そんなことをぼんやりと考えていたのは、日付が変わった頃。

ベッドに寝転がって、天井のシミを数える。

昔から顔みたいだなと思ってたやつが、幼い頃の記憶と違う形になっているような……いや、こんなもんかな?

まあ、どうでもいいか。

スマホを手にして、既読スルーしてる悠宇とのラインを見た。

悠宇が「販売計画書ができた」と言っている。

それはつまり、悠宇が文化祭ではアタシを見てくれないことを意味していた。

アタシの胸の中にあるのは……緩やかな絶望。

悠宇がアタシを考えてくれないことじゃない。

悠宇がアタシよりアクセを優先するという、ごく当たり前のことに嫉妬してる自分に、だ。

「アタシ、ほんとに悠宇のこと好きなのかな……？」

ふと、そんな言葉が口を突く。

悠宇のこと好きなら、悠宇が夢に向かって進むのを応援しなきゃダメなはず。でも、アタシは販売会のことを素直に喜べない。

少しだけ夜が涼しくなった季節。

アタシの浴衣の緩まった帯の端が、だらんとベッドから落ちている。

頼りないなあ、と思った。

この綺麗な刺しゅうを施された布ではなく、アタシのブレブレの自意識が。

好きって何だ？

それは、そんなに美しいものなのか？

ずっと恋愛は害悪だって思ってた。

なんで自分の恋だけは違うって決めつけてたんだ？

アタシが好きって言って、悠宇が好きって返してくれるだけで、なんで満足できないんだ？

（恋とは如何にや……）

アタシは哲学的な思考を巡らせる。

そもそも恋とは？

各辞書に拠れば、男女、あるいは特定の人を慕う感情をいう。

当たり前すぎて逆に意味不明。

恋の発生条件とは？

うん？　なんか昔、悠宇とこんな会話した気がするなー。

アレは確か、悠宇がえのっちと再会した頃だから……四月くらいか？

そのとき、アタシは何て言ったっけ？

あ、「キスしたいとかエッチしたいってことじゃん？」みたいなこと言ったね。

そして悠宇が「それって性欲じゃん……」ってツッコんだ。

なるほど？

つまり性欲は恋のアンテナ。

キスしたいとかエッチしたいと思ったときには、すでに恋に落ちている？

（……悠宇とキスしたりエッチしたいかどうか）

したいですけど？

割と常日頃から思ってますけど？

よし。アタシは悠宇に恋してる。証明終了。

（……待て待て。ここで終わったら、ただの痛い女の日記帳だ）

アタシはスマホを手にした。

ラインのトークを開いて、えのっちにメッセージを送る。

『えのっち。最近、性欲強い？』

お、既読ついた。こんな時間まで勉強してて偉いなー。

さて、えのっちの性事情か。そういえば、そういう話って聞いたことないからワクワクしてきちゃったなー。えのっちの返事はまだかなーっと……。

……………あ、スルーした！

（もう！　えのっち、相変わらず潔癖さんだなーっ！）

仕方なく、えのっちフレンズに招待してもらった吹奏楽部の女子チャットに移る。

『みんなーっ！　最近、好きな人とエッチしたいって思ったことあるかなーっ？』

大盛り上がりだった。

みんなこんな時間まで起きてて けしからんなー。ま、高校生なんてこんなもんだよね。アタシは赤裸々な女子トークを観賞しながら、ふむふむと情報を収集する。

その脇でえのっちから通話着信とかラインで『ひーちゃん』『なにやってるの』『変なことしないで』『電話出ろ』と恐怖のメッセージが積み重なってるけど、アタシ気にしないぞ☆

で、結論として挙がったのは、だいたいコレ……。

『やっぱ好きな相手とじゃなきゃ乗らんわ』

まあ、そうなるよなー。

つまりアタシの『性欲は恋のアンテナ論』を補強しただけに終わったんだけど……。

（……なんかすっきりしないなー）

いや性欲じゃなくて哲学がね？

哲学を追求するモンスターと化したアタシは、ベッドから起きてのそのそ部屋を出た。ギシギシと鳴る廊下を歩いていって、お兄ちゃんの寝室から光が漏れているのを確認する。この時間に書斎にいないってことは、今日はつつがなくお仕事が終わったんだろう。

コンコンとノックした。

「お兄ちゃん。起きてるー？」

すぐに返事があった。

「入りなさい」

ドアを開けた。

大層立派なオタク部屋がお出迎えした。

壁から天井までびっしりと張られたポスターやタペストリーの数々。

本棚を占拠する漫画やラノベたち。

きっちりとまとめられたゲームやアニメのブルーレイ。

立派なテレビボードに据えた大型テレビでは、スパイファミリーのアニメが流れていた。アーニャちゃん可愛いよねアーニャちゃん。

そのオタク部屋の中央で優雅にワインを嗜む残念イケメンこと、雲雀お兄ちゃん。世界でこれほど甚平の似合う男もそうそうおるまいよ。

アタシはテレビボードの上に並んだ美少女たちのフィギュアを下から覗き込みながら、お兄ちゃんに聞いた。

「ねえ、お兄ちゃん。なんで紅葉さんと別れたの？　一緒に東京の大学行って、同棲までしてたんでしょ？」

お兄ちゃんのほうへ振り返ると、とびっきりの美しい笑顔を浮かべていた。手入れの行き届いた綺麗な真っ白い歯が、キランッと光る。

「日葵よ。僕にお仕置きされたくて、煽っているのかい？」

「ち、違うし。ちょっと聞きたくなっただけ」

いかん。顔は笑ってるけど、目が笑ってない。

アタシは寝室を出ると、慌てて自分の部屋から地元で生産しているキャビア缶を持ってきた。ぷフフ、こんなこともあろうかと、交渉材料を用意していたのだー。

「ど、どうぞ」

「………」

お兄ちゃんは小さなため息をついた。

アニメを止めると、気まずそうに頭を掻く。

「何も特別なことではないさ。彼女はモデルとして外の世界で生きる道を選び、僕は地元を守る道を選んだ。そのために、僕らの関係が一番の重荷になった。だから、お互いのために別れることが最善手だっただけだ」

そう言って、ワインを傾ける。

「美しい花を咲かせるために間引きするのと同じことだよ。同じ土でたくさんの苗が混み合うと、栄養が十分に回らなくなり……結果、すべてが枯れることになる。人間のキャパは有限だ。取捨選択を誤れば、何も手に入らない」

お兄ちゃんらしいな、と思った。

でも同時に、お兄ちゃんらしくもない、とも思った。

そんなアタシの気持ちを見抜いているのか……お兄ちゃんはフッと微笑んだ。

「好き合ってるから常に一緒にいる、という選択ができるのは非常に幸運で稀なことだ。日葵たちにはまだわからないと思うが、学生の身分がなくなると痛感することになるだろう」

なるほど、と独り言ちる。

アタシはにこーっと微笑んで首を傾げた。

「アタシたちは？　ねえ、お兄ちゃん。アタシたちはうまくできてるよね？」

「は？」

冷たっ。

そのあまりの超低音冷凍イケボに、アタシはびくっとして後ずさる。……あっれー？　てっきり「おまえたちはよくできてるぞ。さすが日葵だな（歯がキラーン）」だと思ったんだけどなー？

お兄ちゃんはやれやれと言いながらキャビア缶を開けた。

「日葵よ。まさかこの期に及んで、自分が道を踏み外している自覚がないのか？」

「…………」

ガーン、と重たい何かがのしかかった。

そ、そんな馬鹿な。

この完璧に可愛く完璧に賢しく完璧な愛され生命体であるアタシが、間違ってるだと？

「お、お兄ちゃん！　どういう意味⁉　アタシ、間違ったことしてないじゃん‼」

お兄ちゃんの肩をガックンガックン揺すりながら訴える。

するとお兄ちゃんのこめかみに『💢』が浮かんだ。

「鬱陶しい」

ビシッと脳天に一撃を頂戴して、アタシは「ぷがっ」と沈んだ。

……最近、えのっちにもやられすぎて頭が馬鹿になっちゃいそう。

「間違ったことはしていない。だが、正しいわけでもない」

「ど、どういう意味……？」

お兄ちゃんは難しい顔で考えていた。

キャビア缶をスプーンで一口すくって、「このメーカーも年々よくなっているな」と感心した様子でつぶやく。

「夏休みの紅葉くんの一件で、日葵は悠宇くんの『恋人』の席に座った」

「うん」

「その上で、なぜまだ悠宇くんの『夢のパートナー』に固執するんだい？」

「え？」

何を言ってんのかわかんねぇー。

……って感じの顔をしていると、お兄ちゃんは繰り返した。

「日葵は悠宇くんの『恋人』にいいい、なりたかったんだろう？　夏休み、ヒマワリ畑で日葵が暴走した一件で、僕はそう解釈したんだが……違ったのか？」

「…………」

――え？

アタシの首筋に、ひやりとした感触があった。

まるで見えない言葉の刃を当てられているような感覚……これは四月からの半年間、何度も経験したことだ。

アタシは悠宇の恋人になりたかった。

それは間違っていない。

でも、それがどうして正しいわけじゃないの？

「僕はてっきり、悠宇くんの『夢のパートナー』は凛音くんに譲ったのかと思っていた。日葵が凛音くんから初恋の相手を奪ったのなら、両者の立場が入れ替わるのが妥当だ」

お兄ちゃんは残ったワインを飲み干した。

「とはいえ日葵が捨てた空席に座るかどうかは、凛音くん自身が決めるべきだ。ゆえに東京旅行も黙認した。紅葉くんが何を仕掛けるつもりなのかは知っていたし、恋にけじめをつけるというのも大事だからね」

「し、知ってた？　何を？」

「紅葉くん子飼いのクリエイターたちの個展に参加する話だよ。海遊びの夜、慎司くんの家で宅飲みしたんだ。あのとき咲良くんをベロベロに酔わせて全部、聞き出したからね」

なんかえげつねー手段が聞こえたような気がするけど、まあ、それは置いとこー。

「あ、あのさ。お兄ちゃんの言ってること、イマイチわかんないっていうか……なんで悠宇の恋人になったら、夢のパートナーじゃいられないの？」

「わからないのか？」

お兄ちゃんはつまらなさそうに言った。

「現におまえは、悠宇くんの文化祭での挑戦を阻止しようとしているじゃないか。それを害悪と言わずに何と言う？」

「…………」

なんで知ってんの、とか、お兄ちゃん決めつけないで、とか色んな言葉が渦巻いた。

でもアタシは冷静だ。指先をちょんちょんしながら、明後日を向いてアハハハと乾いた笑みを漏らした。

「そ、阻止っていうか、ちょっとアタシのことも考えてほしいって言っただけ……」

「少なくとも、これまでの日葵はそんなこと言わなかったが？」

「だって、せっかくの文化祭なんだよ？　思い出作りしたいなって思うのは普通じゃん？」

「そう、普通だ。ただし、それは恋人としての、だが」

「な、何が言いたいの？」

「何が言いたいと思う？」

アタシは思わず、ドアを叩いた。

「あ、アタシだって悠宇のこと考えてるもん！　大学も将来性で考えて、悠宇と一緒にお店とか経営できるように……」

「それはおまえの役割ではない」

ビシッと言い捨てられた。

お兄ちゃんはゆっくりと立ち上がった。じっとアタシを見下ろす冷たい瞳は、いよいよアタシが目を背けていたものを暴き出す。

「忘れたのか？　おまえの役割は、悠宇くんのアクセを世界に届けるためのモデルだったはずだ」

「……っ!?」

アタシは何も言えなかった。

そうだ。

アタシの役割は、悠宇のアクセのモデル。

いつかはそれに固執して、東京行くとか行かないとか、悠宇と大喧嘩したこともあった。

でも、今は——。

お兄ちゃんは本当に……本当にアタシに失望したかのように小さなため息をつく。

「恋に目が眩み、己の最大の武器すら見落としたのか」

「で、でも、アタシだって小さい頃から経営のことわかってるし……」

「それは僕や兄貴、そして祖父さんの会話を聞いていただけだろう？　又聞きした情報でわかった気になっているやつが、どうして実戦で通用すると思っていたんだ？」

図星を突かれて、アタシは口ごもる。

「はっきり言おう。こと経営学のセンス、そして実績に関しては、幼い頃から自家の洋菓子店を手伝っていた凛音くんのほうが断然、上だ。もし悠宇くんが将来的に店を持ち、その手伝いをするというなら……大学で勉強をするのは彼女のほうが望ましい」

「アタシはいらないってこと……？」

「だから恋人として、悠宇くんと付き合っていけばいいだろう。それを僕は止めた覚えはないぞ」

「でも、それじゃあアタシが納得できないもん。アタシだって悠宇の将来のために、何かやりたいし……」

「ならば、おまえがやるべきことは一つだったんじゃないか？」

「……あっ」

お兄ちゃんの言いたいことは、すぐわかった。

それはだって、この一か月間……ふとした瞬間、脳裏を過ることだった。

『アタシは紅葉さんと一緒に東京に行って、モデルの勉強をしたほうがよかった』

もしアタシがその道を選んでたら、どうなっていただろう。

少なくとも、文化祭に何やるかなんてことで揉めなかった。だってアタシは、悠宇の夢のために人生を捧げていたんだから。

「でも、お兄ちゃんだって東京行きは止めたじゃん……」

「確かに止めた。紅葉くんの勧誘は間違っていなかったが、あまりに時期尚早だった。悠宇くんが夢を追う気力すら失っては、元も子もないからね」

あのとき、紅葉さんはアタシだけを見ていた。

アタシを東京に連れ去った後、悠宇がどうなろうと知ったこっちゃないって感じ。

実際、えのっちとお兄ちゃんがファインプレイしなきゃ、そんな未来が待ってたかもしれないし……あれ？

「じ、時期尚早……？」

アタシが目敏く気づいた違和感。

お兄ちゃんは気まずそうに息をつくと、こう言った。

「あのね、日葵。落ち着いて聞いてほしい。本当のことを言うと……」

お兄ちゃんはアタシの両腕を挟むように摑んだ。

そして腰を屈め、視線の高さを合わせる。

「おまえたち二人が親友のまま高校を卒業したら、僕は日葵に、紅葉くんの下に行くことを勧めるつもりだったんだ」

「え……」

お兄ちゃんの瞳は……嘘をついてなかった。

アタシを紅葉さんのところに？

つまり何？

お兄ちゃんは——最初からアタシと悠宇に距離を置かせるつもりだったの？

それがアタシたちにとってベストな選択だってこと？


「でも、日葵は恋人を選んだ。だから、僕はそれもいいだろうと黙っていた。日葵が恋に溺れ、純粋に夢のために活動できなくなったら、僕が悠宇くんを支援すればいいと思っていたからね」

「お兄ちゃん。それ、ずっと言ってたよね……？」

「そうだね」

「冗談じゃ、なかったんだね……？」

「そうだよ」

ふと嫌な予感がした。

それを否定してほしくて、アタシはすがるように言う。

「じゃあ、今のままのアタシじゃダメなの？」

お兄ちゃんは応えなかった。

代わりに、アタシの望まないことを言いかける。

「日葵。もし悠宇くんへの気持ちに、少しでも疑問を持つことがあれば──」

「……っ！」

アタシはその先の言葉を拒んだ。

「そんなことない！　アタシはお兄ちゃんとは違うもん！　ちゃんとやれる。夢も恋も全部アタシのものにできるもん！」

「………………」

お兄ちゃんの瞳は、どこまでも冷めていた。

すでにアタシへの興味はないかのように、ふうと息をつく。

「そうか。それなら、証明してみせろ」

アタシはお兄ちゃんの部屋を出る。

そのとき……。

「やっぱり、こうなるか」

お兄ちゃんの言葉が、アタシの胸に小さな棘となって残った。

思い出ばかりが綺麗になっていくのを自覚したとき、きっと人は醜くなるのを止められなくなるんだろう。

恋は秘すれば花となり、告げれば毒となる。

でも、アタシは自分を騙してまで美しく咲くのは嫌だから。

アタシが悠宇に告げた想いは、絶対に間違っていないはずだから。

♣♣♣

恋人になっても変わらずにいたいというのは、俺の我儘なんだろうか。

深夜の2時。

家のリビングで、ソファで横になっていた。

誰もいない家は静かで、俺はぼんやりとした眠気の中で考えていた。

テーブルの上には、今度の文化祭のアクセ販売計画書がある。さっき完成したばかりで、明日はこれを笹木先生にチェックしてもらう予定だ。

……予定、なんだけど。

(日葵から返事はない……)

さっき送ったラインを見る。

榎本さんのおかげで計画書は完成したけど、日葵から返事はなかった。もう2時間はこうして待ちぼうけしている。

(やっぱり販売会、やりたくないのかな……)

昨日、日葵と口論……というか、すれ違いというか。

そんな感じのことがあった。

『悠宇の目標は何？』

『今、目の前にある文化祭で販売会をするっていう目標は、そのために絶対に必要なのかな？』

文化祭。

日葵は、恋人として文化祭を楽しみたかった……んだと思う。

(なんで急に、そんなこと言うんだよ……)

アクセ販売会をすることは、日葵にとって楽しくないのか？

これまで俺と一緒に夢を追ってきたのは……本当は日葵にとっては苦痛だったのか？

日葵は、もっと未来を見て計画的にやっていこうと言う。

それが正しいことはわかる。

でもそんな遠い未来を想定して動いたって、俺が器用にできるとは思えなかった。

夏休み……日葵と一緒に未来へ進もうと決めたとき。

あのとき俺がイメージしてたのとは、違うところにいるような気がした。

(日葵は恋を害悪だって言ってたし、もっとドライな恋人関係になると思ってたんだけど)

日葵のことは好きだ。

それは間違いない。

でも、なんというか……。

これまでの日葵との関係が邪魔をして、新しい恋人関係を素直に受け入れられないのも事実だった。

「恋と夢を両立させる方法は如何に……」

俺がうんうん唸っていると、玄関のドアが開く音がした。

リビングの電気を点けて現れたのは、深夜のコンビニバイト中の咲姉さんだ。俺がいるのを見ると、面倒くさそうに顔をしかめた。対応が露骨すぎる……。

「あんた。こんな時間に何やってんの？」

「ちょっと広い部屋で考え事したくて。咲姉さん、コンビニは？」

「休憩。今日、あんたがいつも読んでる雑誌入ってるわよ」

「あ、後で取り行く」

なんか咲姉さん、今日は機嫌いいな。

俺と他愛ない会話をしながら、コンビニの廃棄パンをトースターで温める。ついでにカップに牛乳を注ぎ、ソファの反対側に座った。

そして自分用に持ってきた雑誌をめくり始める。

（咲姉さんが休めないし、自分の部屋に戻るか……）

そう思いながら、販売計画書をまとめようとした。

咲姉さんがその一枚を拾って、何も言わずに目を通す。

「……ふーん。ロープライスアクセの販売会ね」

ついドキッとして、身構えてしまう。

咲姉さんがアクセについて何か言うとき、いい思い出がないからなあ……。

「計画書はいいとしても、コンセプトとかテーマは決めてんの？」

「え？」

「こう、あるでしょ。普段と違う売り方してみたり、販売台のデザイン工夫したり」

あ、そういうことか。

東京で知り合った天馬くんの個展。あのとき業者を入れて、個展会場を見栄えよくしていたのと同じことだ。

「今回の主役は月下美人だから、一応、それでイメージしてることはあるんだ。キャパとか予算の問題で、本当にできるかはわかんないけど……」

「月下美人？　……ああ、凛音ちゃんね」

まさかの一瞬で見抜かれた。

咲姉さん、こういうことばかり頭が回るからな……。

「あんた、まだ凛音ちゃんと仲よしごっこしてるの？」

「真木島が変なこと言い出したせいで、その件は保留中なんだよ」

「まあ、わたしがとやかく言うことじゃないけど」

それなら何も言わないでほしいんだけど……。

「今回も日葵ちゃんと一緒に考えるんでしょ？　仲良くやんなさい」

「いや……」

咲姉さんが首を傾げた。

パンを温めていたトースターがチーンと鳴った。

「今回は、俺が全面的に販売会をプロデュースしたいんだ」

「へえ。あんた、珍しい……」

咲姉さんはトースターから取り出したパンを「あちち……」と言いながら皿にのせる。それにピーナッツバターを塗りながら、話を続けた。

「……珍しいこと言うもんね。そういうの、これまでなら日葵ちゃんの役割になるんじゃなかった？」

「今回は俺がどれだけやれるか試したいんだ。俺がプロデュースした販売会で黒字を取る。それができれば、少しは天馬くんたちに近い景色が見えるかもって……」

「ふうん」

「あと、ちょっと日葵が販売会に乗り気じゃないみたいで。もしかしたら、今回は別行動になるかもしれない」

「はあ？　なんで？」

「えっと、その……」

「……あんた、また馬鹿なことしてるんじゃないでしょうね？」

しれっと見抜かれた。

……俺が日葵との口論を説明すると、咲姉さんは盛大なため息をつく。

「日葵ちゃんを大事にしなさいよ。この愚弟」

「し、してる……つもりではあるんだけど。でも実際、こうやって日葵に嫌な思いさせてるわけだし」

「文化祭くらい、カノジョのご機嫌取りやってればいいじゃない。なんで変な拗らせ方するわけ？」

「こ、拗らせって……」

いや、拗らせてるって言われたらそうなんだけど。

俺は気まずい思いをしながら、咲姉さんに話を続ける。

今日、日葵に言われたことだ。


『なんで俺は夢を追うのか』


あのときは口ごもっちゃったけど、ちゃんと考えれば簡単なことだった。

「東京で思い知った。これまでのようにアクセの品質だけ追求しても、そもそもクライアントに届かなきゃ意味がない。そのための付加価値を見つけないと、そもそも技術が活きないんじゃないかって」

「あんたにしては、まともなこと考えてるように思うけどね。でも、それが日葵ちゃんを泣かせていい理由にはならないでしょ」

「な、泣かせてるわけじゃないし……」

たぶんだけど……。

「夏休みに、俺は日葵と恋人になった。でも結局、俺は最初から何も成長できてない。俺が日、日、日、日葵と対等な人間になれなきゃ、胸張って好きだと言えない。これまでみたいにおんぶに抱っこじゃ、ただのヒモだ」

夏休みに、俺は紅葉さんに言われたことがある。

日葵のような才能ある子が、俺のような凡人のために人生捧げてるのは世界の損失だ。

それは尤もだ。

だから、俺は強いクリエイターを目指す。

天馬くんや早苗さんのような強いクリエイターになって、日葵が間違っていないと証明する。

日葵から独り立ちできるくらい強くなって、初めて俺は日葵と対等になれるはずなんだ。

そのためには——少しのチャンスも無駄にはしたくない。

「…………」

咲姉さんはパンの最後の一口を食べた。

「あんた、なんか嫌なやつに似てきたわねえ……」

「嫌なやつ？」

俺が聞き返すと、咲姉さんは「しまった」って感じで舌打ちした。

「あんたは知らなくていい」

……その言動を見て、なんか思い当たる節があった。

「あのさ、咲姉さん。東京に知り合い、いる？」

「は？」

何を当たり前のことを、って感じで答えた。

「紅葉がいるじゃない」

「いや、そうなんだけど。他に……」

「他？　うちの架空の親戚？」

ふいにぶっ込まれる榎本さんとの旅行の爪痕が痛すぎる……。

「咲姉さんと同い年くらいの、男の人……」

咲姉さんが、飲みかけの牛乳を噴き出した。

そしてゴホゴホ咽せながら、慌てて口元を拭う。

「さ、咲姉さん？」

「……あんた。もしかして弥太郎に会ったの？」

「や、弥太郎さん……？」

東京の個展で出会った、天馬くんの師匠の顔が浮かぶ。

咲姉さんのことを知ってて、なぜか弟の俺に動揺していた。

「ゴメン。名前まではわかんなくて……」

「どんなやつ？」

「えっと、黒髪ぼさぼさ。無精髭。服装は、こう、ダメージ系？　ちょっと怖い感じのお兄さん。紅葉さんとも知り合いっぽかったんだけど……」

俺が自分の顔でアレコレ指しながら説明すると、次第に咲姉さんのこめかみに青筋が立っていく。やがて口元を引きつらせながら、スマホを持って立ち上がった。

「ちょっと待ってなさい」

リビングを出て行った。

トイレに入る音がしたと思ったら……。

『――紅葉!!　あんた○※●×△が×@＊%○○▼※□……っ！』

すっげえ怒鳴り声が響く深夜の2時。

これ大丈夫？　明日、お隣さんに文句言われない？

てか、咲姉さんがこんなに叫ぶの見るの初めてじゃね？

……なんか思ってたより地雷だったくさい。

（あ、そういえば弥太郎さん？　に、会ったこと言うなって口留めされてたっけ……）

やっべーと思っていると、咲姉さんが戻ってきた。

そしてスマホを叩きつけるように、ソファにぶん投げる。それでも怒りは収まらないようで、わなわなと拳を震わせていた。

「あいつ。全然連絡よこさないと思ったら、まさか紅葉のヒモになってるなんて……」

ヒモかー。

さっきの自分の発言もあり、俺はできるだけ穏便に済まそうとにこやかに聞いてみた。

「えっと。カレシさん？」

「詮索したら殺す」

「……ッス」

声、冷てぇー……。

この殺意、親族に向けていいやつですかお姉さま……。

触らぬ神に祟りなし。

俺はまとめた計画書を持ってソファから立ち上がった。

「じゃ、じゃあ、俺は寝るよ。明日も学校だし……」

「…………」

俺がリビングから逃げようとすると、ふと咲姉さんが言った。

「愚弟。一つだけ言っておくわ」

「え？」

もしかして弥太郎さんのこと？

まさか「お義兄さんがもう一人増えるのよ」とか？　いやいや雲雀さんだけで十分っていうかマジで。

……とかアホなことを考えるが、どうも違うようだった。

咲姉さんは雑誌を広げながら、つまらなさそうに言う。

「日葵ちゃんから独り立ちできるくらい強くなって、対等だと胸を張れるようなクリエイターになりたい。それは崇高で、あんたらしい考え方だと思うわ。夏休み前までのわたしだったら、むしろ褒めてたと思う」

「……なんか引っかかる言い方だけど」

「引っかかるように言ったの。愚弟にしては鋭いわね」

ちらと俺を見ると、はっきりと言った。

「愚弟。恋人になった以上、その崇高な考え方は間違ってるわ」

そのストレートな物言いに、咲姉さんらしさを感じた。

「日葵ちゃんは、あんたが独り立ちすることなんて望んでいない。あんたの考えは、極めて自己中心的なことなの」

「な、なんで？」

「当然じゃない。そんなことよりも、毎日、一緒に登校して、他愛ない話をして、共通の趣味で盛り上がって、帰りに美味しいもの食べて、たまにキスとかエッチするだけでいいの。大抵の人は、ハリウッド映画みたいなロマンスを人生に求めていない。今、この時間が幸せだったらいいのよ」

「でも、日葵は違うだろ。俺と一緒に夢を追うって約束して……」

咲姉さんは特大のため息をついた。

そして苛立たしげに、パンくずのついた皿を指で叩く。

「**そういう幸せを望んだから**、日葵ちゃんは夢が叶う前にあんたと恋人になったんじゃないの？」

「……っ！」

それは、俺が考えないようにしてることだった。

あの夏休み。

ヒマワリ畑。

日葵は、俺にキスをした。

俺はその気持ちを受け入れた。

でも……。

『なんで日葵は、俺たちが運命共同体としての真価が問われるあのタイミングで関係を変えることを望んだのか？』

俺が言葉に詰まっていると、咲姉さんは冷たく言った。

「恋人は運命共同体にはなれない。どちらかを極めようとすれば、どちらかが足枷になる。人生っていうのは、そういう風にできてるの」

まるで決めつけるような言葉だった。

「あんたが日葵ちゃんのこと好きで大切にしたいというなら……あんたの夢の在り方、ちゃんとアップデートする必要があるんじゃないの？」

「…………」

俺は唇を噛んだ。

それは「身の程を弁えろ」と言われているようなものだった。

咲姉さんが言うことは、いつも正論だ。

今回だって間違っていないのはわかる。現状、俺がうまくやれていないのも事実。でも、だからと言って諦めるわけにはいかない。

これを諦めたら……俺に何が残るっていうんだよ。

「これまで通り、俺たちはちゃんとやれる」

そう言って、俺はリビングを後にした。


あの夏休み。

俺はすべてを手に入れるような強いクリエイターになると誓った。

恋も、夢も、全部を手に入れる。

そのためにやれることを、全力でやる。

そうでないと、初めて出会ったあの中学の文化祭で、俺のことを見つけてくれた日葵に報いることはできない。


俺たちは、ただ恋に溺れるために出会ったわけじゃないんだと。

そう信じてるから。

I

〟飾らない美しさ〟

♡♡♡

昨日、ゆーくんの販売計画書が完成した。

この昼休みに笹木先生の許可をもらいに行くって言ってたけど、どうなったんだろ。そう思いながら、わたしは廊下を科学室へと向かっていた。

……アドバイスをした以上、結果を聞いておかなきゃって思っただけだし。別にゆーくんの顔が見たいとかじゃないし。

ちょっと早足になりながら……いや、これも早く用事を済ませたいだけだし。とにかくわたしが歩いていくと、ふと科学室の前に仁王立ちしている影があった。

可憐な妖精のような女の子。

犬塚日葵……ひーちゃん。（見た目だけなら）すごく可愛い女の子が、わたしを見てにぱっと微笑んだ。

「えのっち！　やっほーっ！」

片手を振り上げて、わたしのほうに駆けてきた。

……やけに機嫌がいいな。

昨夜のライン、なんか様子が変だったけど（いつものことだけど）。今日はうちのクラスにご飯来なかったから、てっきりゆーくんと仲直りしたんだと思ってた。

「ひーちゃん。どうしたの？」

「んー？　えのっちを待ってたんだよー♪」

ふうん。変なの。

ゆーくん、もしかして職員室から戻ってないのかな。販売計画書がＯＫでたら、すぐひーちゃんに報告しに戻ってくると思ってたけど。

「ねえ、ゆーくんの販売計画書はどうだったの？」

「んふふー。気になる？」

「え？　ま、まあ……」

あれ？

なんかおかしい……気がする。ひーちゃん、さっきから顔は笑ってるんだけど、目は笑ってない。なんだろ。

わたしの背筋に、ぞくっとしたものが走った。

なんとなーく、嫌な予感を覚えて後ずさった瞬間——ひーちゃんから壁に背中を押し付けられていた！

「ひ、ひーちゃん……？」

「………」

ひーちゃんがゆっくりと顔を上げる。

そしてすごくキラキラした眼差しで言った。

「えのっち。キスしよ♡」

「………」

ぞわぞわ〜っと、さっきとは違う意味で背筋に悪寒が走る。

え？　何？　どういうこと？

いきなりキスしようとか、意味わかんないっていうか……。

（あ、いつもみたいな冗談……ひっ⁉）

わたしが頭にいっぱい『？』を浮かべていると、ひーちゃんがずいっと顔を近づけた。その表情は普段の妖精みたいな笑顔なのに、マリンブルーの瞳だけは暗殺者のように冷たい。

とっさに逃げようとすると、腕を掴まれた。でもひーちゃんに掴まれたくらいで、わたしが負けるはずは……あれ⁉　腕がぴくりとも動かない⁉　なんで⁉

ひーちゃんがアイドルみたいな眩い笑顔で繰り返した。

「えのっち。キスして？　そしたら計画書の結果、教えてあげる」

「……ひ、ひーちゃん。どういうこと？」

得体のしれない恐怖を感じながら聞き返すと、ひーちゃんが自慢げに人差し指を立てる。

「えのっちもダイエットするとき、まず食生活からテコ入れするよねー？」

「は、はあ？　わたし、ダイエットしたことな……もがっ！」

なぜか怨念の籠もった一撃で、バッチンと口をふさがれた。ひーちゃんがさらに怖い笑顔になったような気がする……。

「えのっち？　ダイエットするとき、普通の人は食生活からテコ入れするの。オーケー？」

「お、オーケー……」

「肝心なのは、完全にシャットアウトしないこと。ダイエットを長続きさせるためには、程よく欲望を満たさなきゃいけない、例えば甘いものを食べたいとき、カロリー控えめの和菓子にするとか、カカオ多めのチョコを食べるとかね。代用品、すごく大事。オーケー？」

「お、オーケー……？」

なるほど。一理ある、ような気も？

いやいや、今はそれどころじゃない。この脈絡のないダイエット理論が、わたしがひーちゃんに襲われてることと何の関係が……。

とか思っていると、なぜか顎に手を添えられる。

「さ？　これでえのっちもわかったよね？」

「え。全然わかんない」

「んふふー。これ以上、アタシの口から言わせようなんて、えのっちも罪な女だよなー」

「ひーちゃん？　ほんとに今日は理解できないんだけど……」

いつも突拍子もないこと言ってるけど、今日はさらに意味がわかんない。変なスイッチ入ってる！

「アタシね。悠宇の恋人になって、ちょっと浮かれすぎてたかもしれないなーって思うの。そのせいで、アタシたちの夢をなおざりにしてたかもしれない」

「う、うん。それで……？」

「だからアタシは文化祭が終わるまで、悠宇とのイチャラブを禁止しようって思うわけ。ほら、テスト前に勉強するのと一緒だよね？」

「うん。それがダイエットと何の関係が……え？」

わたしはふと、その可能性に至ってしまった。

まさか……いや、でも、そんな馬鹿なこと――。

ひーちゃんが「気づいたんだね」と言った。

「でもアタシが悠宇にキスしたい衝動は止められない。つまりアタシは、それを抑えるために何かを代用しなきゃいけない……」

「ひーちゃん？　ちょ、ちょっと待って……」

「えのっちなら――わかってくれるよね？」

「ひーちゃん⁉　ちょ、目が怖い、目が……」

なんか理にかなっているようで、全然、意味わかんないんだけど！

目がぐるぐる回ったひーちゃんが、わたしの制止を聞かずに唇を近づけてくる。

やむなし、と自由になったほうの手でアイアンクローを仕掛けようと……ああっ⁉　ひーちゃんが左手で、わたしの両手の手首をまとめて器用に捻り上げた！

なんでこんなに強いの⁉

この人、ほんとにひーちゃんだよね⁉

「わ、わたしじゃなくて、他の人としなよ……っ！　ひーちゃん、散々モテるって自慢してたじゃん……っ！」

「んふふー。アタシ、カレシいるときに他の男とキスするような尻軽じゃないからさー」

「女子はいいって理屈がわかんないんだけどーっ！」

わたしがじたばた逃げようとすると、ひーちゃんは顔を伏せて小さくため息をついた。小声で「これだけは使いたくなかったけど……」と呟く。

「えのっち。アタシのキス、拒んでいいの？」

「え？」

ゆらりと顔を上げたひーちゃんの瞳には……どろりとした暗い悪意が渦巻いていた。

「えのっちフレンズの二人——やっちゃうよ？」

「……っ!?」

目が、目が本気だ……っ!?

わたしはごくりと喉を鳴らして、反射的に抵抗をやめてしまった。わたしの吹奏楽部での友だち二人……眼鏡のまーちゃんと、三つ編みのうーちゃん。

二人との思い出が、走馬灯のように駆け巡る。

去年、一緒のクラスになったとき、わたしみたいな不愛想な子にも優しく声をかけてくれたよね。二人がいなかったら、学校が楽しくなかったかもしれない……。

だから、今度はわたしが二人を——。

「えのっち、いい子だね」

「……っ」

覚悟を決めたわたしに、ひーちゃんがちろりと舌なめずりする。

それはまさに『魔性の女』のあだ名にふさわしく、普段はどれだけアホな人間として振る舞っているかがよくわかった。

わたしはぎゅっと目をつむった。

身体が自然と震える。ひーちゃんが加虐的な快感に酔いながら、わたしの首筋に唇を這わせようとした。

（……これは、わたしが悪いんだ）

ゆーくんとの初恋にこだわったから。ひーちゃんに余計なこと言ったから。その罰なんだと受け入れるしかない。

でもせめて、ファーストキスくらいは、好きな人と……。

「……日葵？　榎本さん？　この状況、何なの？」

第三者の声に、ドキーッとして振り返った！

いつの間にかゆーくんが立っていて、口元をぴくぴくと引きつらせている。わたしの身体は金縛りから解放されたみたいに、おらあっとひーちゃんの頭にアイアンクローを仕掛けた！

「ひーちゃん、いきなり何するの――――っ！」

「もぎゃあああああああああああああああああああっ⁉」

暴走するひーちゃんを滅して、ドキドキドキドキと高鳴る胸を押さえる。

（いけない……っ！　なんか変な雰囲気に呑まれてた……っ！）

よくよく考えたら（考えなくても）、ひーちゃんの言ってること意味わかんないし。そもそも理屈も通ってなくない？　なんでゆーくんとキスしたい欲望を抑えるためにわたしとキスするの？　もうちょっとで、大変なことしちゃうところだった……。

ゆーくんのおかげで……。

「榎本さん？　大丈夫……？」

「〜〜〜っ⁉」

こっちに手を伸ばして顔を近づけるゆーくんと、真正面から視線が合う。

これまでで一番、大きく心臓が跳ねる。途端に呼吸がしづらくなって……え？　なんで？

（ゆーくんの顔が見れなくなってる……？）

それを自覚した瞬間、ぷしゅーっと顔が熱くなった。

「あ、あう、あうう……」

「え？　なんて？」

「あう……」

わたしはぐっと拳を握った。

そして立ち上がると、背を向けて一目散に駆けだした！

「な、なんでもないからーっ!!」

「榎本さんっ!?」

わたしを呼ぶ声を無視して、バタバタ階段を下りて廊下の隅っこに隠れた。

そこにうずくまって、はあぁっと深呼吸する。次第に胸の高鳴りは収まって、ようやく落ち着いた。

ゆーくんの顔を見たら、急に胸が苦しくなった。

（……なんで？　昨日まで、こんなに緊張することなかったのに）

四月に再会したときだって、最初に告白したときだって……。

東京旅行から戻った後も……気まずくはあったけど、緊張なんてしなかった。

『この花がなければ、榎本さんとこうして一緒にアクセを作ることはできなかった。俺にとって、すごく大事な花なんだ』

昨日のゆーくんの言葉が、花の棘みたいに心に残っている。

たった一言……花よりもわたしのほうが大事って言ってくれたときの感覚が、今も指先を痺れさせる。

（でも、もう遅い、、、い……）

これは何かの間違い。

わたしは友だち。ただの友だち。

……友だちは、こんな感情を抱いちゃいけないから。

十数分前——。

俺は昼休みの職員室で、数学担当の頭脳派ゴリラであり、進路指導であり、文化祭の実行委員会も担当している笹木先生の前で直立していた。

笹木先生は俺が提出した文化祭の販売会の計画書を、穴が開くほど睨んでいる。

「…………」

「…………」

俺の額から、たらりと一筋の汗が流れる。

職員室は冷房が効いているはずなのに、ものすごく身体が熱い。心臓がバクバクと高鳴り、なんかもう全部放り出して逃げたい気分。

文化祭で俺のアクセ販売会に、教師側から反対意見が出た。その先生たちを納得させるための販売計画書。アクセの単価500円の課題をクリアして、こうしてチェックを受けにきたのだ。

（大丈夫。咲姉さんも何も言わなかったし、問題はないはず……）

笹木先生が、大きな咳をした。

ドキッとして身構えるが……顔を上げた笹木先生は、まるで我が意を得たりって感じでにやっと笑った。

そして俺の背中をバチコーンと叩いた！

「コレだよ、コレ！　夏目、やればできんじゃねーか！」

「痛ったい先生⁉」

俺が背中に手を回して跳ね回っていると、笹木先生は豪快に笑った。

「いやあ、まさか本当に単価500円以内にできるとはなあ！」

「えっ。俺がクリアできないと思ってたんですか？」

笹木先生はにやにやしながら、顎の髭をじょりっと撫でた。

「まあ、以前の騒動のときに聞いた金額を考えたらなあ。この価格でできるんなら、普段からこれでやっとけばいいだろ。そうしたら、以前の騒動も大事にならんかったのに」

「うーん……」

俺のアクセが原因で、保護者からクレームがきた一件のことだ。確かにこの価格帯なら、わ

ざわざ学校に迷惑をかけることもなかったかもしれない。

「これはあくまでお試しのロープライス商品です。パーツの品質もグッと落としてますし、何より細工も施していない丸裸状態。ただ仕入れたパーツに花をつけているだけで、販売用のアクセサリーと呼べるかは微妙ですね……」

「おれはよくわからんが、そんなに違うものなのか？」

「今どきはアクセのパーツもよくできています。それほどこだわりがない人からすれば、大きな違いはないかもしれませんけど……」

確かに、こうやって格安のパーツに花を取り付けるだけなら材料費も抑えられる。

アクセの価格が高いというのはブランド力の提示でもあるが、同時に販売業としてはネックでもあった。それでも俺が高いパーツにこだわる理由は……。

「ただ、どうしても劣化の速度に大きな違いがでてきます。プリザーブドフラワーは手入れをすれば何年も持ちます。それなのにパーツが先に壊れては、商品として完成されているとは言えないと思うんです」

「……なるほど。それは言うとおりかもしれんなあ」

価格がすべてというわけではないが、価格が高いのにはそれなりの理由がある。

以前、日葵の家で俺のアクセ制作の道具を雲雀さんが揃えてくれたことがあった。毎日のように使っているのに、あのときの道具は今でも新品のように調子がいい。

品質という言葉は、美しさや利便性だけに当てはまるのではない。安くていいものが手に入る時代だからこそ、大事にしなくてはいけないものもあるはずだ。

「よっし。とにかく、これで他の先生方も納得するだろう」

笹木先生が嬉しそうに立ち上がり、計画書を持って教頭先生の机に向かった。

これまでチラチラとこっちの様子を見ていた教頭先生の首に腕を回して、ものすごく馴れ馴れしい感じで販売計画書を見せた。

「教頭。コレ、見てくださいよ！」

「……む」

うわああ……っ。

教頭先生、すげえ鬱陶しそう。でも笹木先生は気づかずに、ケラケラ笑いながら自分の成果物のように自慢している。

教頭先生はため息をつくと、販売計画書に目を落とした。

「……ふぅむ。これは思ったより、しっかりしている」

「いいでしょう。これは高校生のビジネス観じゃないですよ」

「昔、こんなものを作っては教師にマウントを取るのを生きがいにしていた、やけに大人びた女子生徒がいましたねえ」

「苗字、見てください。その咲良の弟です」

「んんんぅ……っ！」

教頭先生が苦虫を嚙み潰したような顔で唸った。咲姉さん。あんた高校時代、学校で何してたんだよ……。

教頭先生が、俺の視線に気づいてゴホンと咳をした。

「……まあ、いいでしょう。販売会は許可します」

「ありがとうございます！」

「くれぐれも問題は起こさないように」

「は、はい……」

信用ねえなあ……。

俺は頭を下げて、職員室を後にした。

（とりあえず、第一関門は突破だ）

まだ昼休みは半分ほど残っている。

このまま科学室へ向かって、販売会への計画を詰めることにした。

（昨日、咲姉さんから言われたこと。……この販売会のコンセプトか）

初めて俺が仕切る販売会だ。

咲姉さんに言ったように、一応のイメージはある。

今回の主役である月下美人に合わせて、色々と試したいこともあった。その販売戦略を詰めていって、早い段階から準備にかかりたい。

「……日葵はどうするかな」

文化祭。

日葵はこのアクセ販売会に乗り気じゃない。

俺の目標は、日葵からの独り立ちだ。

これまでみたいに日葵というモデルに任せきりではなく、俺一人でもそれなりの販売を担保できるようになるために今は少しでも経験値が欲しい。

（……でも、日葵はそれを望んでいない？）

日葵は、俺がずっと日葵の庇護下で活動するほうがいいのか？

でもそれって、クリエイターとしては死んでるような気がする。

（日葵のためにアクセを作るって、そういうことなのか？）

咲姉さん理論では、そういうことだ。

俺が日葵のためにアクセを作り続けるなら、あくまで日葵の望む形で創作活動を続けろ。

それが俺の正しい道だ。

日葵のことが大切なら、なおさら自分の目標なんか捨てるべきだ。

だけどそれは、本当に日葵が好きになってくれた俺なのか？

頭がこんがらがって、ねじ曲がりそうだった。

(なんだか、また箱庭の中に戻ったみたいだ……)

俺たちは外に踏み出したはずなのに。

でも恋という新しい関係を望んだ結果——また箱庭に戻ったような。

このまま箱庭の中にいるのが、俺たちの将来のためになるんだろうか。

(どうにか両立させる方法はないのか……?)

俺が頭を捻っていると、ふと廊下で聞き覚えのある声が聞こえた。

「————」

「————!?」

日葵と榎本さん?

二人で何してるんだろう。あ、もしかして計画書の結果を確認しにきてくれたのかな。そう思って、俺は角を曲がった。

日葵が榎本さんを襲っていた。

壁ドン&キス構えの顎クイ。

うわー。なんて禁断の光景。普通はドン引きしそうなのに、ここまでの美少女同士だと逆に画になって仕方がない。周囲に真っ白い百合の花をちりばめたい気分。

……まあ、それはそれとして。

「……日葵？　榎本さん？　この状況、何なの？」

すると二人は、ドキーッとして振り返った。

そしてなぜか榎本さんの怒涛のアイアンクローが日葵に炸裂する！

「ひーちゃん、いきなり何するの――――っ！」

「もぎゃあああああああああああああああっ⁉」

日葵を沈めると、榎本さんは有無を言わさず廊下の向こうへと逃げていった。

（えぇー……）

今の、何だったんだ？

榎本さんが行ってしまった後、俺は一人で呆然としていた。

なぜか日葵が、榎本さんを襲っているような図だった。あれ、たぶんキスしようとしてたよな？　しかも、榎本さんも受け入れていたような……。

でも、どうして……ハッ！　まさかっ⁉

『わたし、ゆーくんに弄ばれたから、もう女の子しか愛せなくなっちゃった……』

マジか……。

（でも、そうじゃなきゃ、榎本さんが日葵に負けるとは思えないし……）

一人で悶々としていると、ふと足元で放心していた日葵に反応があった。

「う、うーん……。アタシは一体、何を……」

何やら悪霊から解放されたようなことを言う日葵が、俺を見てはたと停止する。

それから目を白黒させると、取ってつけたような言い訳を始めた。

「あ、アハハハ。悠宇、こんなところで奇遇だねー？　今日もイケメンじゃーん！」

「いや、意味わかんねえし。てか、午前中も隣で授業受けてたじゃん……」

そもそも、ここ科学室の真ん前だし。逆に俺に会わないわけがない。

俺は次の言葉を悩んだ。いや、ここで会うとは思ってなかったから。さっき悩んでいたことに結論が出ていない。

親友だった頃は、こんなことはなかった。

俺のせいなんだろうか。

恋人になったのに、日葵よりアクセを優先するのは間違っているんだろうか。

取り返しのつかないことになる前に、ちゃんと話し合わなきゃいけない。もし必要なら販売会も考え直したほうがいいってのは、わかってるんだけど……。

「あのさ。文化祭のことなんだけど……」

「悠宇。アタシ、めっちゃ応援するからね」

え？

急に被せられた言葉に、俺は呆けた。

日葵はなぜか決意を胸に、むふーっと息巻いている。

「昨日さ。お兄ちゃんにムカつくこと言われたんだよなーっ」

「雲雀さんに？」

日葵は謎のモノマネで前髪をかき上げながら、歯をキラーンと輝かせた。さすが犬塚家のDNA。光源のないところで歯を輝かせる技術は継承されている。

「そ。『恋と夢を両立させることはできないのだ』みたいな感じ？」

「そうなんだ……」

き、奇遇だな。

俺も昨日、咲姉さんから似たような話で絞られたばかりだわ。

日葵は背後に炎の幻影をメラメラ燃やしながら、ぐっと拳を握り締める。

「と、いうことで！　お兄ちゃんをぎゃふんと言わせるために、いっちょ本気出したろうかなって思うわけですよ！」

「そ、そうか。え、それでいいの？」

「はあ？　むしろ、それ以外に道はなくない？　アタシたち、恋人になった程度で腑抜けたって思われてんだよ？　ありえないよね」

「そうだな。それは俺も心外だ……」

日葵はにっと笑った。

「よし、決まりね！　アタシは今回の文化祭で、悠宇の運命共同体であることをビシーッと証明してやるからさ！」

「うん。それは俺も嬉しいよ」

正直なところ。

俺はホッと胸をなで下ろした。

（なんだ。やっぱり日葵は、俺と一緒に夢を追うことが嫌なわけじゃないんだ……）

これまでの日葵が戻ってきたような気がする。

俺はちょっと懐かしい高揚感を覚えながら、日葵に言った。

「じゃあ、さっそく販売会のコンセプトを……」

「あ、悠宇。それについて一つ提案」

「え？」

日葵が俺の眼前に、手のひらを向ける。

待ったをかけられて、俺は言い淀んだ。

そして日葵は、俺の予想外のことを言った。

「今回の販売会、やっぱりアタシがばっちりプロデュースするから！」

——え？

俺は言葉に詰まった。

日葵が販売会をプロデュースする？

それはつまり、俺の目標だった『俺がプロデュースした販売会で黒字を取る』から、一気に離れることになる。

「ひ、日葵？」

「んふふー。アタシが将来的に、悠宇のパートナーとしてやれるか。それが試される気がするんだよなー。ほら、やっぱり悠宇はアクセの品質を追求したいじゃん？　となると、アタシが〝you〟の裏方までバリバリこなすわけだけど、いずれは〝you〟ブランドのショップとか展開しちゃったりも視野に入れたいし？　その予行演習みたいな……」

日葵は俺の言葉を聞かず、来る将来への展望を語っていく。

俺は呆然としながらも、それを聞いていた。

（……確かに販売会をするなら、日葵がプロデュースするのがこれまでの俺たちだ）

まさに俺が望んだことだ。

これまで通り、日葵と一緒にやりたい。

それに沿えば、そう、こうなる……はず。

でも、今回の販売会は……。

『愚弟。恋人になった以上、その崇高な考え方は間違ってるわ』

……っ！

昨日の咲姉さんの言葉が、呪いのように脳裏にこびりついている。

俺はぎゅっと制服の裾を摑んで、つい口を突こうとする言葉を飲み込んだ。

日葵があれっと首を傾げた。

「悠宇、どうしたの？」

「いや……」

俺はかぶりを振った。

そして精一杯、何食わぬ顔を作る。

「さすが日葵だよな。俺、そこまで考えてなかったわ」

「でっしょーっ！　惚れ直しちゃった？」

「マジで惚れ直した。やっぱり日葵は、俺のベストパートナーだ」

日葵が「うっひゃーっ！」とか照れながら、バシバシ肩を叩いてくる。

いたたた……。日葵さん？　マジで照れてるの？　けっこう痛いんですけど？

俺が地味なダメージにあえいでいると、日葵がビシッと人差し指を立てた。

「そういうことで、文化祭までは恋人っぽいこと禁止ね？」

「テスト期間かよ……」

「そうだよー。その代わり文化祭が終わったら、たくさんデートしよ？」

「おう、そうだな。ちょっと遠出するのもいいかもな」

「いいねー。十一月なら、紅葉狩りとかどう？」

「あ、それいいな。俺も行きたい」

うちの地元周辺は、紅葉狩りといえば十月下旬〜十一月中旬だ。文化祭は十一月の頭だし、ちょうどいい頃だろう。

ああ、いいよな。

あの真っ赤な紅葉並木を歩くだけで、まるで別の世界を旅するような気分になれる。その中を日葵と一緒に歩くとか、それだけで幸せだ。

……なんか紅葉繋がりで東京の悪いお姉さんの顔がちらつくけど、紅葉に罪はない。俺は心を無にして楽しむぞ。

とか早くも一人で浸っていると、日葵がにまにましているのに気づいた。

「どした？」

「んふふー。悠宇、ほんとに楽しみなのは紅葉狩りだけ？」

どういうこと？

俺が呆けていると、日葵がそっと耳元で囁いた。

「文化祭。悠宇も頑張ったら、いーっぱいご褒美あげちゃうからね？」

「……っ⁉」

うぐっ。

突然の不意打ちに、俺はドキッとして固まった。

え？　何？　ご褒美？

紅葉狩り以外のご褒美ってこと？　しかも恋人らしいことだろ？

（それってつまり……んん？）

俺が気付くと、日葵がぷるぷると肩を震わせていた。

あっと思った瞬間、日葵の爆笑が響く。

「ぷっはあーっ！　悠宇、本気で照れてやんのーっ！」

「うるせえ。おまえも顔真っ赤じゃねえか……」

白い肌が耳まで真っ赤じゃん。

自分で言っといて、なんでダメージ負ってんだよ……。

「んふふー。悠宇くんは何を想像しちゃったのかなー？」

「ええい、さっさと教室戻るぞ」

昼休み終了のチャイムが鳴り、慌てて教室に戻った。

……これは間違っていない。

俺が仕切らなくても、"you"のアクセ販売会には違いない。

俺が日葵のこと大切なら、こうするのがベストな選択なんだ。

独り立ちとか、そんな雑念は邪魔なだけ。

俺が強いクリエイターになるのは、日葵と一緒に幸せになるためなんだから。

◇◇◇

文化祭の販売会は、アタシのプロデュースで執り行われることに決まった。

放課後。

アタシは一人、科学室でノートを広げる。

(掴みは上々！　ここでビシッと結果を出して、アタシは『恋人』も『夢のパートナー』も両立できるって証明する！)

ぷははは。

悠宇ってば、きっとアタシの隠された才能に驚いてむせび泣いちゃうね。

アタシの脚に縋って「日葵様〜。これまで生意気言ってゴメンよ〜。これからは二人で手に手を取って頑張ろうな〜」っていうところまでシミュレーション済み！

さて。アタシの幸せな未来は置いておいて……。

……販売会のプロデュースってどうやるんだ？？？

アタシは白紙のノートをじーっと見つめた。

紛うことなき白紙のノート。

さらさらで書きやすい。

穴が開くほど見つめてみたけど、結局は白紙のまま。

「……えいっ」

試しに指を振ってみた。しかし残念ながら、魔法使いの弟子よろしく勝手にペンが書いてくれることはない。

アタシは万策尽きた。

（いやいや待ちたまえ。こんな簡単に諦める日葵ちゃんじゃーございませんことよ）

オホホホホと心の中でお嬢を決めながら、アタシは再びノートに向かう。

（とはいえ、プロデュースとかよくわからんなー）

完全に専門外だ。

確かにお兄ちゃんの言うとおり……アタシの経営への知識って、結局はお兄ちゃんたちの受け売り。自分で経験したわけじゃないから、あくまで知識の範疇を超えられない。

（アタシの弱点は、一から何かを作るのが苦手なこと……）

試しに〝you〟の通販用ホームページを見てみる。悠宇のアクセの写真を前面に出した、わかりやすさと可愛さを両立したデザイン。

（これを決めたときは、どうしたんだっけなー……）

確かホームページ作るためのテンプレ集みたいなのがあった。そこから素材を取ってきて、こねこねしてたら今みたいになったんだ。

（けっこう可愛い。やっぱり、何かを応用するのは得意なんだよなー）

一筋の光明を得た……気がする。

つまりアタシがプロデュースする点において、大事なのは我を出すことじゃない。何か別の販売会を参考にして、その方向性をコピーすること。

何かを参考に……何を？

（そんな簡単に販売会なんて転がってないしなー……んん？）

そこでふと、えのっちの顔が浮かんだ。

えのっちのお家の洋菓子店……すごく可愛いよなー。夏休みのバイトでめっちゃ隅々までお掃除したし、商品棚のデザインも完璧に覚えてる。

アタシは目をキランッと輝かせた。

（えのっちのお店を……真似るか？）

それは非常に魅力的なお誘いだった。

まるで悪い魔女にたぶらかされそうになるヘンゼルとグレーテル。お菓子のお家でころころ丸く太っちゃいそう。

（ま、いいよね！　えのっちも〝you〟のメンバーなんだし、事後承諾ってことで！）

アタシはルンルン気分で、ノートにペンを走らせようとした。

それなのに……。

「……あれ？」

手が動かなかった。

別に魔女に呪いをかけられたわけじゃないのに、なぜか指が動かない。何かがアタシの理性を押し返すような感触。

（あ、こりゃいかん……）

この半年で、何度か覚えのあるパターンだ。

本能が拒否ってる。えのっちの強大すぎる正ヒロインオーラに、アタシの中の怯える子犬ちゃんがキャンキャン吠えているのを感じる。

いや、負けるな日葵。

えのっちは悠宇のことを諦めた。今更、奪われる心配はない！

（えのっちは〝you〟のメンバー！　えのっちは〝you〟のメンバー！　えのっちは……）

呪文のように唱えながら、ペンの頭で自分の頭をツンツンツンと突いていく。

マッサージして血行のよくなった頭で、再びノートにチャレンジ！

「〜〜〜〜〜〜っ！」

だ、ダメだぁ……っ！

アタシはペンを放り出した。思いのほか勢いよく転がったペンが、テーブルの向こう側に落っこちる。

「……動くのめんどい」

アタシはずりずりお尻を前に移動して、よっとテーブルの下で脚を伸ばした。つま先でペンを引き寄せようと悪戦苦闘する。

ぷフフ、なんてお行儀の悪いポーズ。こんなのカレシに見られたら、乙女的にはもう生きていけないね！

（あ、もうちょっとで届く……あ、ダメ、そっちじゃなくてこっちだってば〜……）

ペンとつま先で鬼ごっこしていると、ふと脇から声が降ってきた。

「……ひーちゃん。何やってるの？」

「ぷぎゃはっ⁉」

椅子の端っこにのせたお尻が、ずるっと落下した。

アタシは古き良きコント番組みたいにお尻を打って、うおおおっと痛みに唸る。

見上げると、えのっちがドン引き顔で見下ろしていた。

「や、やっほー。えのっち、今日もきゃわいいねー？」

「……うん。ありがと」

あ、視線を逸らした。なんか「今のは見なかったことにしてやろう」っていう優しみを感じる。

むしろそれがグサッと刺さって沁みながら、アタシはペンを拾って椅子に上った。

えのっちは向かい側に座りながら宿題を広げる。吹奏楽部の練習はお休みなのかな。

「ゆーくんは？」

「今日は花壇の整理してるよー。文化祭の販売会までに、ちょっと準備したいことあるんだってさー」

「ふーん……」

と、あんまり興味なさそうにつぶやいた。

それから数学のプリントを埋めながら、またまた興味なさげに聞いてくる。

「二人でやんないの？」

「アタシは販売会のコンセプト作り！」

「コンセプト……って販売会のメインテーマだよね？　ひーちゃんが？」

あ、すごく疑わしげだ。

アタシはさっきの無様な結果を横に置き、んふふーと胸を張った。

「ま、アタシにかかればイチコロだって。ベリーベリー可愛い販売会にしてやるからさー」

「……うん。頑張ってね」

あ、信じてない！

もーっ。えのっち、もうちょっとアタシのテンション上げる手助けしてほしいよなー。嘘でもいいからさー。

（んん？　そういえば、えのっち……）

アタシは身体を乗り出すようにして聞いた。

「ね、えのっち。東京でアクセの個展に行ったんだよね？」

「……うん」

「その東京の個展、すごくお洒落だったんでしょ？　その個展のデザインを真似てみるのはどう思う？　悠宇だって楽しかったって言ってたし。ね、いい考えでしょ？」

「え……」

えのっちが妙な顔をした。

なんていうのか、しかめっ面？　口がへの字って感じ？

少し考えながら、うーんと唸った。

「でも、あれはやめたほうがいいと思うけど……」

むむ？

さては、アタシには無理って思ってるなー？

「大丈夫！　アタシだって、えのっちのお店でバイトしてレベルアップしてるからさ！」

「……そういう意味じゃないんだけど」

ため息をつきながら了承した。

「ゆーくんがそれでいいって言ったら、いいんじゃないかな」

な、なんか渋い答えだなー。

その個展に問題でもあるのかな。

でも悠宇の話だと、すっごいお洒落でセンスの塊だったって言ってたし。ちょっと気になるけど……他にいいアイデアもないしなー。

（ま、大丈夫でしょ。アタシは一から作るのは苦手だけど、参考にするのは得意だし）

アタシは甘く見ていた。

そんなお気楽な感じで、悠宇が東京で経験した個展を参考にすることにしたのだ。

数日後の放課後。

日葵と榎本さんが、うちの家にやってきた。販売計画書にOKが出たことにより、本格的に文化祭の準備に入ることにした……のだが、いくつか問題があった。

まず一番大きいやつ。

「……悠宇。どうすんの？」

「……どうしようか」

俺の部屋のクローゼットを改造して作った室内園芸ルーム。

その中央に鎮座する一メートルの巨大な噴水形の株……新木先生の家から運んできた月下美人を眺めていた。

月下美人の花が咲かないのだ。

毎晩のように観察しているが、まったく咲かない。これ以上かかったら、咲いたとしてもアクセに加工するのが間に合わない。

「とはいえ、これぱっかりはどうすることもできないからなあ……」

月下美人は気まぐれな花だ。

何年も咲かないと思ったら、急に満開の花をいくつもつけたりする。花芽はいい感じに膨らんでいるから、花に栄養が足りないってわけでもなさそうだけど……。

「てか、榎本さんは？」

「下のリビングで大福くんと遊んでるってさー」

「ああ、そう……」

さっきから、うちの白猫の大福が「ニギャアアアアアッ」って悲鳴を上げてるなあと思ったら、そういうことか。……榎本さん、何をどうやったらそこまで猫から怖がられるんだろうか。

日葵がため息をついた。

「ま、咲かないもんはしょうがないよなー。今はできることしよ？」

「そうだな。とりあえず、月下美人以外の花の制作も進めなきゃだし……」

日葵が「んふふー♪」と不敵に笑っている。

どうしたのかと思ったら、急に学校の鞄からファイルを出した。束ねた書類を引っ張り出して広げる。

俺がそれを覗き込むと……おおっ⁉

「すごいな、コレ！」

日葵が「ぷっはっは」と自慢げに笑った。

そのファイルを掲げて、ぺしーんっと手で叩く。

「名付けて『文化祭・〝you〟を勝利に導くマル秘マニュアル』!!」

「まずネーミングが残念すぎんだけど……」

初手でツッコませるとか最強かよ。

その書類を受け取って、パラパラとめくる。そして俺は驚愕した。

「こ、これは……」

それは文化祭までのスケジュールを日割にしたものや、当日の販売会の時間割、そして会場のデザイン……販売会の商品配置などの図面サンプルだった。

ものすごく精密に作られている。……うわあ。アクセ販売会に商品を搬入する日付から逆算して、アクセの制作開始期限日とか設定してある。

「すっげえ。この何日かのうちに作ったのか?」

「ま、アタシにかかればこんなもんってことですよー」

さすが常日頃から雲雀さんの英才教育を受けているだけある。榎本さんが加わるまでは、俺たち〝you〟の事務仕事も日葵がやってくれてたしな。

日葵が書類をめくりながら、内容を補足していく。

「まず、今回の販売会のテーマは『シック』だよ」

「なるほど。シックね……」

CHIC……なんかこう、お洒落な感じだろ？

イメージとしては、なんだ？　古典映画というか、都会的というか……あっ。

その予感から、もう一度、販売会場のデザインを見てみる。この物が少なくて淡泊だけどバランスがいい感じの配置……俺には見覚えがあった。

「もしかして、天馬くんの個展のイメージ？」

「ぷはは。さすが悠宇、わかっちゃうよなーっ」

「そりゃわかるけど……え、でも日葵に、天馬くんの個展の配置図とか教えてないよな？」

そもそも図面で残しているものじゃない。

俺だって、個展の当日に天馬くんから口頭で説明してもらっただけだ。

日葵はどや顔で解答を出した。

「えのっちにアドバイスもらったんだよなー」

「ええ、マジか……」

確かに榎本さんは、あの個展に参加した。

でも、榎本さんは設営には参加していなかった。個展の当日だって、参加したのは最初の一日だけだ。

ということは、あの一日だけで個展のデザインまで憶えたのか。……頭がいいのは知ってるけど、さすがに驚きを隠せないな。

「？　悠宇？」

「あ、いや。……でも、ここまでそれっぽくできてるのは驚いたよ」

テーマは『ＣＨＩＣ』。

確かに天馬くんの個展は、イメージがぴったりだ。それを踏襲するなら、同じように物が少なくなるのはわかる。

飾り気は少なく、穏やかで心地いい空間。

設置するのは、三台の長机。

そして教卓に飾る一輪の花のみ。

教室を広々と使って、文化祭の喧騒からも遠ざかる。俺のフラワーアクセとも、イメージはマッチしているはず。

「日葵。この教卓に置く花瓶、何か考えてる？」

「え？　そこまではまだ……」

「じゃあ、アンスリウムにしよう」

「いいけど、どうして？」

「ピンクのアンスリウムの花言葉は『飾らない美しさ』だ。今回のコンセプトにぴったりだろ」

「おおっ！　さっすが悠宇！　アタシの運命共同体！」

二人でいえーい、と両手をパチンと合わせる。

なんかいいなって思った。最近はギクシャクすることも多かったけど、ようやく俺たちらしい空気になってきた。

そうと決まれば、アンスリウムを準備しなきゃ。

夏の花だけど、一応、十月くらいまで咲いてるはず。うまく苗を見つけて、ＬＥＤライトで生育スピードを調整すればイケるはず。

「日葵。ありがとな。俺だけじゃ、ここまで気が回らなかったよ」

俺が考えてたデザインが使えなくなって少し不安だったけど、日葵のこれを見たら『販売会で黒字を取る』って目標が現実味を帯びたような気がする。

日葵が自慢げに頰を赤らめた。

「ぷへへ。ま、アタシは悠宇の運命共同体だからね」

可愛っ。

くそう、相変わらずこういう不意を突いてくるのが巧い。デキる女アピールの後ってのがまたズルい。さすが魔性の女とか呼ばれてるだけはある。

とか思っていると、急にツンツンと頰を突かれた。

「あっれー？　悠宇、もしかしてアタシの有能さに惚れ直しちゃいましたー？」

「やめいっ」

慌てて振り払うと、日葵は「ぷっはーっ」と笑った。

こいつ、「ぷへへ」と「ぷっはーっ」の合わせ技はズルいだろ。反する属性を合わせた究極魔法で全部吹っ飛ばすつもりかよ……。

「日葵、日程の部分も詰めていい？」

「いいよー。それじゃあ……」

俺たちがそのマニュアルの細かい部分について話し合おうとしたとき——。

白猫の大福が「ニギャアアアアアアッ」と悲鳴を上げて飛び込んできた！

「わああっと⁉　ちょ、日葵！　大福、押さえて！」

「わ、わかった！　大福くん！」

バッタンバッタンと部屋を走り回る大福。

俺は慌てて月下美人のあるクローゼットを閉めて鍵をかける。ここをやられたら、マジで今回の販売会が終わってしまう！

大福は俺の机の上にあるスタンドライトを倒すと、最終的にベッドの下へと潜り込んだ。そしてシーン……と静寂がやってくる。

「おい、大福？」

「だ、大福くーん？」

日葵と二人で、ベッドの下を覗き込んだ。

こっちに丸い尻を向けた大福が、ガタガタと震えている。あの傍若無人なうちの猫をここまで怯えさせるものは一体……いや、だいたい予想はつくんだけど。

大福は落ち着いたら勝手に出てくるだろうと結論付けて、日葵と一緒に階段を下りていく。

リビングのほうに顔を出すと、ある意味、予想通りの惨状が広がっていた。

引きちぎられた猫用の玩具が散乱し、開封済みのチュールと猫耳カチューシャを頭にのせた榎本さんが膝を抱えていた。……どんよりとした瘴気のようなものが漂っている。

「……もう死にたい」

「榎本さん⁉　大丈夫、落ち着こう！　偶然！　マジで偶然、大福の機嫌が悪かっただけだって！」

「そ、そうだよ！　えのっち！　少しずつ慣れてる！　絶対、慣れてるからさ！」

さすがの日葵も可愛そうになっちゃったらしく、一緒に精一杯励ました。

榎本さん。うちにくるまで、あんなに笑顔で「今日こそ大福くんと相思相愛になる」って意気込んでたのに……。

榎本さんは死んだ目のまま、俺たちから目を逸らした。

「東京のにゃんカフェではうまくいったのに……」

「うちの大福、気難しいから……」

あの猫たちは仕事でやってたわけだしなあ、とは口が裂けても言えない。

とにかく、榎本さんのほうをどうにかしないと。とりあえずタオルと……あ、その前に起こさなきゃ。

「榎本さん？　ほら、頭を洗ってこないと……」

「うん……」

何気なく榎本さんの手を取って起こした。

ふと榎本さんが、その手を見つめて目をぱちくりさせる。……なぜか顔が真っ赤になった。

「わあ――――っ！」

「ぎゃあああああああああっ!?」

突然、いわれなきアイアンクローが俺を襲う！

俺は瞬時に滅されると、その場に沈んだ。榎本さんはバタバタとリビングを出て行ってしまう。

「な、なぜ……」

「悠宇。えのっちに何したん……？」

「な、何もしてない……はず……」

……この前、販売計画書を作るのを手伝ってもらったときから、なぜか榎本さんがよそよそしい。

あんなに「普通の友だち」とか言ってたのに……まさか榎本さんにとって、近づいたら攻撃するのが普通の友だち？　何それ古代の戦闘民族なの？　強き者としか友情を結べない系女子？

（……あれ？　そういえば、この前、日葵とキスしそうになってたっけ？）

まさか榎本さん……「ゆーくんに弄ばれたせいで、女の子以外に触られると拒絶反応が出るようになっちゃった」とか？　んなアホな。さすがに荒唐無稽すぎ……でも榎本さんだからなあっ。いつも予想の斜め上をいくからなあ……っ！

いや、問題はそれよりも！

「とりあえず榎本さんは無事ということで、販売会のほうに話を戻すけど……」

「あ、うん。何か気になるところある？」

「会場の飾りつけ自体はあまり手がかからなさそうだから、今はアクセ制作のほうだな。すぐにでも作業場の確保と、月下美人以外の花の準備をしなきゃ」

まとまった数を準備しなきゃいけない以上、落ち着いた作業場がほしい。

学校の科学室もいいけど、いちいち器材を片付けないといけないから大量生産には向かないんだよな。

「それに月下美人も見なきゃだし……」

タスクが多すぎる。

さすがに俺がお花バカでも、キャパには限度があるし……。

「悠宇だけで全部やるのは無理でしょ。すでに授業中に欠伸してんじゃん」

「さすがに一晩中、張り付いてるのはきついな……」

月下美人は、名前の通り、夜の間にしか咲かない花だ。

その花被を採取するというのは、つまり夜間に監視する必要がある。

最近は他の花のアクセ制作に合わせて見てるんだけど、俺ってアクセに集中すると他が見えなくなるし。月下美人が咲いても、それをスルーしちゃう危険性がある。

てか、そもそも睡眠時間が削られてヤバいってのも大きいけど。

日葵がヤレヤレとため息をついた。

「じゃあ、うちでやる？」

「日葵ん家で？」

「そ。うちなら夏休みに買った器材もあるし、何より部屋も余ってるし？　しばらくうちで寝泊まりして、月下美人もみんなで交替で監視すんの」

「それはありがたいけど、俺が泊まる意味は……？」

「いや、花が咲いてすぐ採取するなら、悠宇がいなきゃダメじゃん……」

ガチ正論だった。

確かにスマホで連絡もらったとしても、寝過ごしちゃう危険はある。それに犬塚家なら花を加工するための環境も整っているし、俺にとっては願ってもない話だ。

ただ……。

（……なんか嫌な予感がするんだよなあ。主に雲雀さん的な意味で）

俺と日葵が正式に恋人になってからのお泊まりとくれば、あの人が余計な気を回して変なことしないとも限らないし……いや、確実に何かしてくるはず。敷地に一歩でも入った瞬間、光の速さで婚姻届に拇印押させられそう。

俺があり得る未来に悩んでいると、なぜか日葵がじとーっとした目で見ていた。

「えのっちとはお泊まりしたのに、アタシとは無理ってどういう了見かなー？」

「う……っ!?」

それを言われると何も言い返せない……。

「わ、わかった。確かに、俺一人じゃできないもんな」

俺の返事をもらってご機嫌モードにシフトした日葵が、えいえいおーっと腕を上げた。

「よーし、それじゃあ……」

「わかった。月下美人が咲くまでひーちゃん家ね」

え？

俺と日葵は、ドキッとして同時に振り返った。いつの間にか洗面所から戻った榎本さんが、タオルで濡れた髪を拭いている。どうやら、けっこうしっかりめに洗ったらしい。

そして平然とした様子で繰り返した。

「いつ？　明日から？　ひーちゃん家に泊まるの、うちのお母さんにも言っとくね」

「え、榎本さんもくるの……？」

榎本さんが、きょとんとした顔になる。

「だって、しーくんの『3つの条件』があるし……」

真木島の『3つの条件』。

それは今回のアクセ販売会において、真木島から俺たちへ出された謎のルール。


1つ。文化祭が終了するまで、アクセ制作のときは三名が常に一緒に行動すること。

2つ。アクセのモチーフは『榎本凛音』であること。

3つ。メンバーの意見が割れたときは、榎本さんの意見を優先すること。


確かにこれに則するなら、月下美人の採取にも榎本さんが参加してもらうことになる。

でも、さすがに夜間の作業にまで巻き込むわけにはいかない。真木島だって、これは『できる限り努めよ』くらいの温度感だって言ってたし。

てか榎本さん、販売会のことそんなに乗り気じゃなかったよな？

ここまでグイグイくるのは日葵も予想外だったようで、どういうリアクションするか考えているようだ。そんな俺たちの空気を察したのか、榎本さんがうつむいてしまう。

「……あ、うん。そうだよね。わたしはただの友だちなんだし、変なこと言って困らせてゴメンね」

グサーッと俺たちの胸に刺さった。

これじゃあ、まるでアレだ。「俺と日葵の二人っきりのラブラブを邪魔すんじゃねぇよ」って言ってるようなものだ。せっかく善意で手伝ってくれてる榎本さんに、マジで感じ悪すぎる。

日葵がバタバタ両手を振った。

「え、えのっち！　大丈夫！　アタシ大歓迎だから！」

「そうそう！　せっかくだし、榎本さんも一緒にやろう！」

わざとらしいほどのウェルカムアピール。

榎本さんがじとーっと疑わしげな視線を送っていたが、やがて小さくうなずいた。

「……わかった。それじゃ、また明日ね」

そう言って、無表情で鞄を肩に掛ける。めっちゃクールな顔で、ものすごく機嫌よさそうに肩を揺すりながらリビングを出て行った。

……榎本さん、普段はそんなことない風を装ってるけど、こういう非日常系イベント大好きだよね。絶対に参加しようとするし。

「日葵、よかったの？」

「うーん。まあ、うちの家族ならＯＫでしょ。えのっちのことも、小さい頃から知ってるし」

「いや、そうじゃなくて雲雀さん……」

「あー……」

日葵も思い至った。

日葵の兄の雲雀さんは、榎本さんの姉の紅葉さんと犬猿の仲（？）だ。そのトラウマが行き過ぎて、雲雀さんは紅葉さんと関係のある人すべてを拒否している大人げな……じゃなくて自己防衛が徹底してる人なのだ。

日葵がにぱっと笑った。

「ま、最悪、お兄ちゃんを悠宇の家に移して、一人で過ごしてもらえばいいだけだしさー」

「それ解決策になってんのか……？」

俺たちが日葵の家で過ごすために雲雀さんを追い出すとか、マジで意味わかんねえことになってんぞ。

「あの人なら、悠宇の部屋使っていいって言ったら喜んでくるよ」

「想像できてしまう自分が嫌だ……」

そんな状況になったら嫌なので、明日は頑張って説得しよう。

「俺も向こうのコンビニ行って、咲姉さんと父さんに報告してくる。バイトのシフトも調整してもらうわ」

「そだねー。咲良さんには、アタシから説明しよっかなー」

「お、それ助かる」

夏休みとかも、シフトめっちゃ融通利かせてもらったから言い出しづらいんだよな。その点、咲姉さんは日葵のこと大好きだし、俺が言うより成功率上がりそう。

……という感じで、月下美人が咲くまで日葵の家での合宿が決まったのだった。

♣♣♣

その翌日から、さっそく日葵の家での強化合宿が始まった。

放課後、俺と日葵は犬塚家へ向かう。榎本さんは吹奏楽部の練習が終わってから合流する予定だ。

この地区のシンボルになっている犬塚家の武家屋敷みたいな門が見えるかどうかってところに差し掛かった。

「そういえば、一学期の補習勉強会のときも似たシチュエーションあったなあ」

「アハハ。悠宇、玄関でお兄ちゃんにドッキリ喰らって転んでたよなー」

うるさいよ。

アレはどう見てもおまえが仕組んだやつだろ。

「そろそろ見えてくるけど……ん？」

扉のない門の上から、死ぬほど目立つ白い垂れ幕が掛かっていた。

『歓迎!!　孫婿・夏目悠宇様御一行！』

……わーお。

俺は日葵の後ろ襟を摑んで、ズルズルと物陰まで引きずっていった。ものすっごく気まずそうな顔で視線を逸らす日葵に思いのたけをぶつける。

「これだから日葵ん家には来たくなかったんだよ！」

「はあ？　人の家族に向かってよくそんなこと言えるよね」

「じゃあ逆に聞くけど！　うちの咲姉さんがこういうことするタイプだったら、おまえ遊びにくるか!?」

「そんなの行くわけないじゃん」

そうだろうな！

俺が高校一年の間、日葵の家に寄りつかなかったのってこういうイベントがあったからだった。

親友時代にすらあんなことになるんなら、そりゃ正式に付き合い出したらこうなっちゃうよな。最近はお祖父さんに会わなかったし、完全に油断してた。

「なんか嫌な予感してたの、こういうことか……」

「アハハー。今日からお泊まりだって聞いて、お祖父ちゃんたち張り切っちゃってなー」

夏休みにかけて何度かお世話になってたけど、そのときはまだ親友状態だったから手加減してたわけか。さすが名家、駆け引きってものを理解している。俺ごとき小童には太刀打ちできない。

てか、見てよ。向こうのオバサマたちの「あら、夏目くんじゃない？」「あらー、すっかり大人っぽくなっちゃって」っていう視線が痛い。なんで俺、日葵の家のご近所さんにまで把握されてるんだ……。

意を決すると、扉のない門をくぐって敷地に足を踏み入れる。綺麗な日本庭園の中、スーツ姿のスマートイケメンが腕を組んで完璧なポーズを決めていた。

もちろん雲雀さんである。

当然、いるとは思ってたけど、マジで待ち構えているとは思わなかった。仕事は……とか無粋なツッコミはもうやめた。

「ようこそ、悠宇くん！　我が犬塚家へ！」

「ど、どうも、雲雀さん。お世話になります……」

雲雀さんがサングラスを外して、白い歯をキランッと輝かせる。

「悠宇くん。とうとう犬塚家の一員になる決心をつけてくれたんだね？」

「あの、月下美人が咲くまで、って聞いてますよね？」

「…………」

「聞いて!? ねえ、聞こえないふりしないで!?」

すいーっと右の耳から左の耳へ通り抜けてんじゃねえぞ……。

「ハッハッハ。冗談だよ♪」

「ほんとかなあ……」

「さて、それでは悠宇くんを歓迎するために、夕食は豪勢にしなければいけないね」

「いや普通で……てか、俺のことは放っておいてくれていいので……」

「寿司と懐石、どっちがいい？」

「聞いてない!? この人、マジで聞いてない!!」

「そうだ。連泊するなら、いっそ料理人を住み込みで雇うのも……」

「マジでいらないですから！ そこらへんのコンビニでパンでも買ってきますから！」

ありがたいんだけどね。

でもこの人の基準って庶民とは違うから、マジで都会の有名シェフとか連れてきちゃいそうで怖い。ミシュランいくつ星とか言われても、俺にわかるわけないだろ……。

俺の必死の説得が通じたのか、雲雀さんは「ふむ……」と息をついた。よかった、考え直してくれた。俺みたいな小僧に、大事なお金を湯水のように使っていいものじゃないんだ。

俺がホッとしていると、雲雀さんが神妙な顔でつぶやいた。

「なるほど。まずは寿司か」

「こんな力任せのコミュニケーション見たことないよ……」

もう諦めた。何でも持ってこい庶民の貧乏舌で全部平らげてやるよ。

俺がうんざりしていると、母屋のほうから鋭い声が聞こえた。

「待ていっ!!」

しわがれているが生気の漲るような声だった。俺たちが振り返ると、着物姿の白髪のご老人が仁王立ちしている。

日葵のお祖父さん——犬塚五郎左衛門さん。

御年88。たまに腰を痛めて入院するが、未だに犬塚家のトップとして君臨する帝王だ。お年を召してはいるが、その迸るような覇気は衰えを知らない。

その鋭い眼光で、雲雀さんをねめつけた。

「雲雀よ。何を勝手なことをしておる……」

「祖父さん……」

唐突な一触即発のムード。

達人たちによる真剣勝負にも似た空気に、俺はごくりと喉を鳴らした。これが日常的に命のやり取りをしている男たちの圧……。

もしかしたら俺たちが泊まることを、家主たる五郎左衛門さんは了承していないのかもしれない。年頃の孫娘がいる家なので、それも当然だ。

（……と、普通ならそう思うかもしれない）

しかし俺は知っている。

次に繰り広げられるであろう惨劇を……。

そして予想通り。五郎左衛門さんがカッと目を見開き、手足をビーンと伸ばして仰向けに寝転がる。そしてバタバタと手足をばたつかせた！

「悠宇くんは、ワシが出迎えるって言ったじゃろうが～っ！」

「やかましいぞ、年寄りめ。大人しく縁側で将棋でも指してろ」

「ヤダヤダ！　ワシも孫婿と遊びたい～っ！」

「ハア。この老害、いつになったらくたばってくれるんだ……」

駄々っ子ポーズを続行する五郎左衛門さんに、雲雀さんは冷たく言い捨てた。

……うーん。相変わらず、ここの男性陣は容姿と性格が嚙み合ってないなあ。てか、あの門の垂れ幕を準備してるの五郎左衛門さんだし。遊び心があるのはいいことだけど、思春期の男子としてはマジで勘弁してほしい……。

とか思ってると、五郎左衛門さんが向かってきた。

「ということで、悠宇くんよ。今日の晩飯はワシが決めてよいじゃろ！」

「お気持ちはありがたいんですけど、俺としては庶民的なものが……」

「懇意にしてるフレンチのシェフ呼んでよいじゃろ⁉」

「だからマジでやめてください……っ！」

五郎左衛門さんがシュンとした。諦めてくれたようだ。

いや、歓迎してくれるのはありがたいんだけど、この人も放っておくと見境なく豪華なものを食べさせようとしてくるんだよなあ。

俺がホッとしていると、五郎左衛門さんが神妙な顔でつぶやいた。

「なるほど。まずは白トリュフじゃな」

「すみません。それさっき雲雀さんがやりました……」

この人、マジで雲雀さんと言動がそっくりだよなあ。

本人に言うと怒るところまで一緒で、ネタ合わせでもしてるんじゃないのかなって疑惑すらある。

これどう収拾つけるんだよって思っていると、玄関から女性の声がした。

「もう、お父さん。雲雀くん。ダメよ、悠宇くんが怖がっているでしょう？」

この声は、日葵のお母さんの犬塚郁代さん！

日葵のお母さん……つまり五郎左衛門さんの実娘で、日葵よりも西欧の血が濃い感じのハーフ美女として有名である。クールな印象の女性で、五郎左衛門さんと雲雀さんが喧嘩したときの仲裁役を担っている。

とにかく、郁代さんがきたなら安心だ！

「悠宇くん、安心して頂戴。お夕食はわたしが一般的なものを用意するわ」

「あ、ありがとうございます！」

俺が安堵を胸に、郁代さんに振り返った。

……なぜかマタギの服装をしたハーフ美女が、狩猟用のショットガンを肩に担いでいた。

「じゃあ、すぐに獲ってくるわね」

「その肩に担いだ猟銃はなんですか？　ねえ、どこに何を獲りに行くつもりなんですか？」

そういえば郁代さんって狩猟免許と食肉処理の免許を持ってて、よく山に入ってるのだ。

以前、うちも新鮮なぼたん肉を頂いたことがある。

もう暗くなるということで、みんなで説得してなんとか思い直してもらった。このお母さんが何気に一番キャラ濃いんだよなあ……。

「お心遣いは嬉しいんですけど、月下美人の監視のために場所をお借りするだけなので……」

とりあえず手土産の『もち吉』のお煎餅セットを手渡した。

しかし五郎左衛門さんと郁代さんは、ブーブー文句を言ってくる。

「しかし、せっかく婿殿のお泊まりじゃからなあ」

「そうね。婿殿もうちの暮らしに慣れてもらわなきゃ」

その婿殿ってのやめないとマジで出て行っちゃうからな。

この一家、二人も男児を育てたのになんでこんなに思春期男子の心を理解してないんだ。圧のかけ方が凄まじすぎるんだよ……。

「日葵、よく耐えられるな」

「え？　普通じゃん？」

ケロッとした顔で言うものだ。……そういえばこいつ、基本的に自己肯定感が高いからなあ。この教育の賜物だろうか。

こうして文化祭に向け、月下美人の監視期間がスタートした。

郁代さんが運転する軽トラに同乗し、月下美人の鉢と着替えを運んだ。
それが終わって、ちょうど夕食の頃に榎本さんも合流する。
雲雀さんが反対するかなって危惧してたんだけど、意外にあっさりと迎えてくれた。なんでだろうとは思ったけど、変に突いてトラブルが起こるのは怖いので黙ってよう。

みんなで夕食を頂いて、俺たち三人は客間を借りてスケジュールについて確認した。

ちなみにここには俺のアクセ制作の器材も備わっていて、もはや学校の科学室の出張ルームみたいになっている。

「日葵が計算してくれたスケジュール表によると、月下美人のアクセが間に合う日程は……」

俺たちの視線は、自然と客間の隅にある月下美人の鉢に注がれる。もちろん花は咲いていない。……気長に待とうと言いたいところだけど。

「あと一週間以内に咲かなければ、ちょっと厳しいか……」

「え？　二週間は大丈夫じゃない？」

「普通の花なら、それでもイケそうなんだけど……」

俺の頭の中にあるのは、夏休みに紅葉さんへアクセ勝負を挑んだ一件だった。

俺は紅葉さんから持ち掛けられた勝負のために、ヒマワリのティアラを制作した。しかし結果として、俺は花の加工の時間を見誤り、ヒマワリを枯れさせてしまったのだ。

あのときの教訓を忘れてはいけない。

今回の月下美人も、ヒマワリほどではなくても大きい花だ。あのようなアクシデントを防ぐためにも、制作期間は長めに考えたい。

日葵がうーんと唸った。

「なるほどなー。その点を考慮すると、確かに一週間くらいがギリギリかなー」

「月下美人が咲かなかったら、他のロープライスアクセだけで販売会に臨むしかないけど」

「よーし。それじゃあ、アタシが一肌脱いじゃおっかなー♪」

「え？　なんか秘策アリな感じ？」

「んふふー。ヒ・ミ・ツ♡」

うわあ、嫌な予感しかしねえ……。

でもこればかりは月下美人の気分次第だし、なんかやりたいなら試していいと思うけど。

「じゃあ、しばらく俺はアクセパーツの整理やってる」

「オッケー。それじゃ、えのっち。アタシたちはお風呂済ませちゃおっか？」

「うん。そうする」

日葵が言うと、榎本さんがこくんとうなずいた。

心なしか、榎本さんの目がキラキラしてる気がする。まあ、わかる。この家の檜風呂、旅館にきてるみたいでめっちゃテンション上がるよね。

とか思ってると、日葵が俺に向かって「キャ☆」と鼻の先っちょをツンツンする。

「覗くなよ♪」

「やるわけねえだろ。おまえじゃあるまいし……」

今日び、修学旅行でもそんな話するやついねえよ……。

そうと決まれば善は急げと、日葵が榎本さんの背中を押して出て行く。障子戸の向こうで、キャイキャイと華やかな女子トークが遠ざかって……。

「えのっち。お風呂、一緒に入ろうねーっ♪」

「え、普通に嫌……」

「なんでだし!?」

俺も榎本さんと同意見です。

同性でも気軽に裸見せたくないって人いるよね。俺も雲雀さんが突貫してこない限りは一人のほうが気楽だし。特に相手が日葵とか超危なそう。

「よし、やるか」

俺は花の加工のための準備を進めていく。

明日、新木先生が業者から花を仕入れるとき、一緒に今回の販売会で使う花も買うことになっている。

……本当は、花も自分で育てたいんだけどなあ。最近、そっちにキャパが追いついていない。

（いや、それも今だけだ。あと一年半後にはどうにか……）

学校を卒業した後なら、花の育成に時間を取ることもできる。

今はアクセの技術を追求することだけ考えろ。俺のスキルが上がれば、高校卒業後にやれることは多くなるはずだ。

日葵だって楽しみにしてた文化祭を蹴ってまで、新しいことにチャレンジしてるんだ。俺だって日葵が助けるに値するクリエイターになる。

(俺のやってることは、決して間違っていないはず……)

今は自分の信じた道を進むことだけ考えろ。

1時間ほど経った頃、障子戸が開いた。

風呂に入って寝巻用の浴衣に着替えた日葵が顔を出す。

「ゆっうー。さっき言ってた秘策の準備できたよー」

「おう。すぐ行く」

「あ、月下美人の鉢、持ってきてねー」

「月下美人を?」

何を企んでるんだろうか。

とりあえず、言われた通り鉢を抱えていく。すると縁側の庭で、何やら賑やかな雰囲気があった。

「うおっ……」

そこには日葵と同じように、浴衣に着替えた榎本さんと郁代さんがいた。

犬塚家の日本庭園に、大和なでしこ風美少女と、西欧美女。それが団扇なんか持ってスリッパを突っかけてる光景は、さながら温泉街の町興しポスターのような風情がある。

……まあ、この感動を目ざとく察した日葵が風景に割り込んでピースサインするもんだから、情緒も一瞬で死んじゃったけど。

「榎本さん。何してるの？」

「あ、ゆーくん」

榎本さんと郁代さんは、蠟燭やバケツの準備をしている。

不意打ちアイアンクローを喰らわないように距離を取りながら覗くと、縁側に大量の手持ち花火が広げられていた。

日葵がフフフと意味深に笑った。

「んふふー。名付けて『花火で月下美人ちゃんのテンションアゲアゲ開花作戦』！」

「ネーミングがひっでえ……」

センスがよ。

どことなく昭和の薫りを感じるんだよなあ。……とか思ってると、郁代さんが非常にクールビューティな顔で言った。

「わたしが考えたわ」

「ひでえとか言ってすみませんっした！」

昭和の薫りっていうか、ガチの世代だったわ。てか、なんでディスられたのにちょっと誇らしげなの……？

「意図はわかったけど、実際のところなんで花火？」

「いやー、夏休みにお祖父ちゃんが『悠宇くんと遊ぶんじゃ！』って買い込んじゃってさー。もう季節的にギリギリだから消費しちゃおっかなーって」

「な、なるほど……。その五郎左衛門さんは？」

「お祖父ちゃん、9時には寝るから」

「マジで俺たちが遊ぶだけじゃねえか……」

雲雀さんは……いないいな。

たぶん自室で仕事してるんだろうな。あの人、相変わらず激忙しいらしいし。

「それじゃあ、やってみるか」

月下美人の鉢を、縁側の座布団に置いた。庭が一望できる特等席だ。

──『花火で月下美人ちゃんのテンションアゲアゲ開花作戦』！

しかし一見、ただの悪ふざけにしか見えないこの作戦……実は案外、理にかなっている。

花は生き物だ。ちゃんと感情がある。

たとえば有名な話だと、サボテンの実験がある。

サボテンに「可愛いね」「元気に育ってね」と褒めたりポジティブな言葉をかけながら育成すると、とても大きく美しい形に育つというもの。逆に悪口やネガティブな言葉をかけ続けると、育成に悪影響が出るという結果もあったりする。これは『バクスター効果』などと呼ばれている。

サボテンってこう、ソンブレロ――メキシコのつばの広い帽子を被った音楽隊と一緒に描かれるイメージあるよね。

それって実はバクスター効果からきてるんじゃないかって思うんだ。

まあ、それは話しかけることにより生じる空気の振動とか、あるいは二酸化炭素の影響とか、そういった解釈もできるかもしれない。

でも俺としては、やっぱり花にも感情があって、愛されて育った花のほうが美しくなると思いたい。俺がアクセに使う花に名前を付けたり、水やりのときに話しかけるのもそういう理由だ。

ということで、花火の楽しいムードをアピールして、月下美人には綺麗な花を咲かせてもらおう。

日葵から花火を渡されると、先端の紙を千切って蠟燭の火に近づける。すぐに綺麗な火花が噴き出した。

「おおー……」

すげえ、久々の感覚。

そういえばこのタイプの花火、何年ぶりだろうな。コンビニには入荷するけど、家族で楽しむことはないし。

シュボーッと火花が噴き出すのを眺めていると、日葵が肩を寄せてきた。

「火、ちょーだい♪」

「いや、自分でつけろし……」

仕方なく、日葵の花火の先端に火花を近づける。

……しかし、日葵のほうに点火する前に火花が消えてしまった。

「あちゃあ……」

「うーん……」

まあ、こういう花火って意外と消えるの早いからなあ。

「もう一回！」

「いや、普通に火つけない？」

それでも日葵がねだるので、何度か挑戦を繰り返す。

実際、そんなに難しいことでもない。二人でうまいことタイミングを合わせて、俺の花火から日葵の花火に点火することに成功した。

「おおーっ」

「すげえ燃えるなあ」

手持ち花火が二重になると、やっぱり厚みが違うなあ。

華やかな花火の淡い輝きに照らされて、日葵が嬉しそうにはにかむ。

「ぷへへ……」

……うーん。可愛い。

付き合い出してから見られる、日葵のこういう素直なデレ顔はいい。これまでは「ぷっはーっ」への伏線だったから気が気じゃなかったけど、都度ごとにインスタに撮っておきたい欲求が半端じゃない。

たぶん言ったら撮らせてくれると思うんだけどなあ、でも日葵って変なところ恥ずかしがりだからなあ……みたいなことを一人で考えていると、日葵がハッと何かに気づいた。

（やべ、下心に気づかれたか？）

ぷっはーされちゃうとか怯えていると、それは杞憂だった。

日葵は両手に花火を持つと蠟燭から火を点け、少し離れたところでシュパパッと謎のポーズを取る。

「蝶のように舞い、蜂のように刺す！」

「刺すな刺すな」

火をこっちに向けると危ないだろうが。

こいつ、さっそく穏やかな花火の時間に飽き始めてんじゃん。やっぱ日葵は日葵だなとか思いながら、俺は花火の消化を目標に切り替える。

「しかし、これマジで遊んでるだけじゃん」

「え？　なんかダメ？」

「いや、もっとこう、月下美人がテンション上がるようなことしない？」

「え、月下美人？　何それ？」

さっそく当初の目的を忘れてる……。

縁側に座ってる榎本さんと郁代さんも、もはや普通にダベってるだけだし。

てか、あの二人、けっこう仲いいんだな。……そういえば、小学生の頃はよく遊びにきてたって言ってたっけ。

いやいや、それよりも月下美人だろ。

説明して当初のアゲアゲ作戦を思い出した日葵が、さっそく仕切り出した。

「それじゃあ、月下美人ちゃんに花火でアゲアゲになってもらおーっ！」

日葵が両手に花火を持ち、さっきの蝶の舞（？）を披露しながら月下美人を褒め称えてみる。

「月下美人ちゃん。可愛いね♪」

「………」

しかし、何も起こらなかった！

いや、そんなすぐに咲くとか思ってないし。おそらく方向性としては正しいんだけど。なんかこう、もっとハートにズキュンとくるような感覚が足りない気がする。

「日葵。もうちょい変化つけられん？」

「唐突な無茶振りかよ」

「それだと普段、花に水やってるときと同じだろ？　もっとこう、緊急事態用の……」

「えー？　花が関係してくると、悠宇って変にこだわりが……」

日葵がハッとして「にまーっ」と悪戯っぽく笑った。

「ま、にゃんピッピだしなー？」

「やめろ。前触れなく黒歴史で殺しにくるのマジでやめろ」

東京旅行での、俺と榎本さんの度が過ぎた遊びのことだ。未だに笹木先生からも「にゃん太郎」とか呼ばれるし。……ほら、郁代さんが「何々？」って近づいてこようとするじゃん。

日葵が「うーん」と考える。

それから何か閃いたようで、俺に耳打ちした。

「ええ……。まあ、パワーある気はするけど……」

「四の五の言わずに、やってみよーっ」

二人で両手に花火を持って、蠟燭で火を点ける。

ブシューッと火花が噴き出すと、俺たちはそれをチアガールのポンポンよろしく上下に振る。

この花火、用意された中ではおそらく最も火の持ちがいい部類だ。これが消えるまでに仕掛ける。

俺と日葵は、交互に月下美人へ檄を飛ばした。

「月下美人ちゃん、葉っぱナイスカットーっ！」

「潜在的に最強！　咲けば花火の美しさ超えてるよ！」

「土台が違うよ、土台が！」

「花芽、仕上がってるよ！　でかくて他が見えなーい！」

ブシュー……と火花が萎んで消えた。

……なんか違う気がする。

俺たちのチャレンジを見て啞然としていた榎本さんが、ぼそっとツッコんだ。

「ボディビルダーの掛け声みたい……」

それな。

さすがプロレス好きな榎本さん、俺の違和感を的確に表現してくれた。そしてそんなこと言われちゃった日葵が、ぷすーっと頰を膨らませてイチャモンをつける。

「もーっ！　そんなん言うなら、えのっちがやればいいじゃん！」

「ひーちゃん、めちゃくちゃ言ってる自覚ある……？」

「榎本さん、お願いします！」

「ゆーくんまで……」

俺たちの息の合ったコンビネーション（？）により、榎本さんが「うー……」と困惑顔で花火を受け取った。

ちょっとためらいながら、先端に火を点ける。ブシューッと火花が噴き出している間にやらなければいけない（みたいな雰囲気になっている）。

俺たちの無言の視線がじーっと集中する中……榎本さんはもにょもにょと頬を赤らめ、蚊の鳴くような声をかけた。

「げ、月下美人ちゃん。可愛いね……」

「「…………」」

ぐはあ……っ！

俺と日葵は、同時に喀血しそうになった。

コレですよ、コレ。俺たちに不足してるのはコレです。美少女の『照れ顔』です。俺はなぜか感動して、ついパチパチと拍手をしてしまった。

「日葵。おまえも美少女なんだし、もうちょい頑張れん？」

「う、うっさいなー。悠宇が変化つけろって無茶振りしてきたんじゃん」

日葵が顔を赤らめて、ぷいとそっぽを向く。

おー、期待した感じじゃないけど、結果としてこっちも照れている。これはこれでよき。

そして1時間ほど遊ぶと、花火はすっかり少なくなってしまった。最後の線香花火とか悲惨だったなあ。日葵が全部まとめて火を点けちゃうんだもん。……榎本さんが楽しみにしてたらしく、それでひと悶着あった。

懲りない日葵が、最後に提案した。

「よーし。最後に記念撮影するかーっ！」

「日葵、マジで元気だよなあ」

「んふふー。いい女には夜が似合うからさー」

「はいはい。てか、何の記念？　月下美人、咲かないんだけど……」

日葵のたわごとをスルーしながら聞くと、ぷーっと膨れながら言った。

「いやいや。せっかくこの〝you〟ってメンバーで文化祭に臨むわけじゃん？　ここは記録に残しとくべきでしょ」

「あー、そういうね……」

なんかそういうの、今さら過ぎて頭が回らなかった。

でも確かに、今回は俺と日葵だけじゃなくて榎本さんもいるんだもんな。

「どんな写真？　二人とも制服じゃなくていいの？」

「服装はどうでもいいよー。てか、浴衣のほうがエッチくてよくない？」

「同意したら色々と終わる気がするので……榎本さんはどう？」

榎本さんがハアとため息をつく。

「ひーちゃん、言い出したら聞かないから……」

それは完全に同意。

で。

日葵によると、せっかくだから残った花火を使おうということらしい。具体的に言うと、あの花火を振り回して空中に光の文字を描くやつ。さすが世界の陽キャ代表は、記念写真一つでもお洒落で殺しにくるから参るよな。

「何の文字？『黒字がんばろー』とか『アクセ』とか？」

「それはホラ、アタシたちってことで♪」

「？……ああ、そういう」

撮影を郁代さんにお願いして、俺たちは三人で庭園に並ぶ。

俺の右に日葵、左に榎本さん。そして三人揃って花火に火を点けて、慌てて「せーのっ」でスマホに向かって空中に文字を描く。

花火が消えると、日葵は郁代さんのところに走っていく。

「お母さん、どんな感じ!?」

「日葵。文字、逆よ」

「え、マジか」

おい言い出しっぺ。

俺と榎本さんはため息をついて、再度、トライ。

今度は俺の文字が歪んだり、榎本さんがタイミングを間違ったりと何度か失敗を繰り返した後、ようやく日葵も納得の一枚が完成した。

「花火、あと二本しか残ってなかったな」

「ギリギリセーフだねー」

「ひーちゃんが最初に間違ってなければ余裕あったのに……」

まあまあ、とその写真を、各自のスマホに送ってもらった。

その文字は俺たち――つまり『y』『o』『u』。

これ以上に、俺たちの決意表明にふさわしい言葉もない。

結局、月下美人チャレンジは失敗に終わったが、俺たちはなかなか充実した時間を過ごしたのだった。

♣♣♣

（最近、三人揃ってこんなに楽しい時間も久々だったな……）

花火の片づけを終わらせた後、俺はお風呂を頂いた。

月下美人が咲くときは、だいたい夕方から9時くらいには予兆が見える。今夜は可能性は低いだろうな、と結論付け、俺は休ませてもらうことにした。なにせ、明日は他の花のアクセ制作が待っているのだ。

風呂上がりの最高に爽やかな気分で、俺は寝室として借りる和室の襖を開けた。

上等な赤い布団が二つ、ぴったりとくっつけて並べてあった。

「…………」

こういうところだぞ犬塚家。

ご丁寧にドライフラワーの花びらまでちりばめている。楽しい気分を壊されて、俺は静かに襖を閉めた。……東京でのダブルベッド事変がなければ、危うく叫んじゃうところだった。

たぶん五郎左衛門さんか郁代さんの悪戯だろう。まだ日葵がいないし、あいつがウツボカズラのように誘い込まれる前に逃げよう。

今夜は徹夜で作業するかと思いながら、俺が客間に向かおうとしたとき——。

「悠宇くん、なぜ逃げるんだい？」

「ひえっ……」

突然、背後から肩を掴まれた。

振り返ると、予想通り爽やかイケメンの雲雀さんが立っている。この暗闇の中、真っ白な歯がキラーンッと光った。だから光源……。

「さあ、悠宇くん。今日は疲れただろう？　もう休みなさい。もちろん、この準備万端の寝室でね！」

「ひ、雲雀さん。お気持ちはありがたいんですけど、さすがに榎本さんもいるのに、こういう冗談は……」

「ハッハッハ。何を言っているんだい？　誰がいようと、二人の愛を妨げるものはないさ！」

　この兄ちゃん、何を言ってんの⁉

　さすがにタチが悪すぎ……ひいっ！　なぜか俺の顎に手を添えて、雲雀さんが至近距離でイケメンスマイルビームを浴びせてくる！　やばい、身体の自由が奪われた！　この人、マジで人間か……まあ今さらだな‼

「僕は本気だよ？　さあ、悠宇くん。中へ……」

「ひ、雲雀さん……」

　雲雀さんの妖術（？）により、俺の身体はフラフラと和室へ誘われる。

　まずい。このままでは五郎左衛門さんたちの衆人環視の下、本当に日葵と一夜を共にしてしまう。ちょっとマニアックすぎ……んん？なぜか枕元に、お高そうなスコッチの瓶と葡萄ジュース、それに雲雀さんがアニメ観賞に使用するiPadが置いてあった。……これは、明らかに俺と日葵用の準備ではないですね。

雲雀さんが爽やかに笑って、俺をお姫様抱っこした。

「今夜は寝かさないよ♪」

「あ、そういうね⁉　雲雀さんと過ごすための準備だったわけですね⁉」

ちょっと恥ずかしい勘違い……いや、むしろこの状況で正確に雲雀さんとのランデヴーを導き出せるほうがどうかしてんだろ！

あぁ〜……っと俺は悲鳴を上げながら、布団に引きずり込まれていった。

どうりで雲雀さん、さっきの花火に顔を出さなかったわけだ。このために持ち帰りの仕事、爆速で終わらせたんだろうな。

もう休みなさいって言ったのは誰でしたっけ……とか思いながら、俺は雲雀さんオススメのリコリス・リコイルで完徹するのだった。

◇◇◇

……あれ？

なんか悠宇の悲鳴が聞こえたような……。

「ひーちゃん。もう寝よ」

「あ、うん」

日付が変わった頃、アタシはえのっちとお布団を並べて寝ることにした。

こっちの客間で寝るのは久々だなー。アタシはワクワクしながらお布団に潜ると、隣の布団に入ったえのっちに話しかけた。

「えのっち♪　修学旅行みた……」

「じゃ、おやすみ」

えのっちがガンスルーでお布団を頭まで被った。

アタシはゆっさゆっさと肩を揺する。

「ちょーっ！　もっとお話しようよーっ！」

「ひーちゃん、うるさい。わたしたち月下美人の監視で泊まってるだけじゃん」

「今夜はお母さんが見てくれてるから大丈夫だってー」

「明日は朝から新木先生のところ行くんでしょ？」

「初日が肝心なんだってばー。キャイキャイ女子トークしようぜーっ」

「うんうん。わかった、わかった。夕飯の麻婆豆腐おいしかったね。じゃ、電気消して」

「えのっち〜っ！」

自家製豆板醤にピリリと山椒の効いたお母さん自慢の一品はどうでもいいんだよ～っ！

「もー。じゃあ電気だけ消すね？」

一応、言われた通りリモコンで電気を消した。

枕元の行燈を点けて、常夜灯にする。まったく、えのっちは冷たいなー。でも、アタシわかってるんだぞー。こうやって灯りが落ちてから女子トークの本番……。

「zzzzz……」

「はやっ。えのっち寝付くの早っ！」

アタシは再度、ゆっさゆっさと肩を揺すった。

「えのっち～っ！　こういうときは『もう寝た？』『まーだ♡』って言いながら寝落ちするのが楽しいんじゃーん！」

「……ひーちゃん、ほんとウザい」

もにょもにょと半分寝かかった状態のえのっちと、『もう寝た？』『まーだ♡』ゲームを始める。

「えのっち♪　もう寝た？」

「寝た」

「終わっちゃった!?」

「寝た」

あ、さてはちゃんと遊ぶ気がないな⁉

「もー。じゃあ、そっちのお布団……行っちゃうね？」

「ひーちゃん、かまってちゃんすぎない……？」

んふふー。悪態も気にせず、えのっちのお布団に潜り込んじゃうのだーっ。

だってアタシ、いつもこの時間はまだ起きてるもんなー。目が冴えちゃって寝れないんだもん。

（うはー、えのっち温かーいっ）

てか、なんか『女子と寝てる感』がすごい。全身がやーらかいし、めっちゃいい匂いするもん。女の子のアタシですらクラクラっと……あれ？　悠宇って東京でコレと添い寝してたんだよな？　それで我慢できたの？　あの男ヤバいな？

ま、アタシは我慢しないんだけどね！

「おお……っ」

「※」

いだだだだ……っ！

さりげなくバストにタッチしてゴメンナサイ！　「えのっちナイトブラする派かー……」とか残念に思ってないから許して！　指が、つねり上げられた指が捥げる……っ！

えのっちのお布団から、ぺいっと追い出された。

アタシがブーブー文句を言いながら寝る体勢に入ると、えのっちがもにょもにょと眠りかぶりながら言った。

「ひーちゃん。ちゃんとするんでしょ？」

「……うん」

そうだ。

アタシはちゃんとする。

ちゃんと恋して、ちゃんとアタシたちの夢も支える。

そのためには……。

「えのっち。今夜だけアタシの抱き枕に……」

「死ね」

死ねとか。

今夜もアタシの心の友のツンツンが鋭すぎて参っちゃうのでした☆

Ⅱ Turning Point.〝弛〟

月下美人が咲いた。

うちでの強化合宿、四日めのことだった。

その日、学校から帰ってすぐに、悠宇がバタバタと準備を始めた。

見れば月下美人の花芽が膨らんで、少しずつ割れていくのがわかった。

花芽の開いた隙間から、真っ白い花被が顔を出す。

（わあー、なんか雛鳥の羽化みたい……）

これまで、悠宇と一緒にたくさんのお花の世話をしてきた。

でも月下美人が咲くのを見るのは初めてのことで、アタシもテンションが上がっていた。らせん状に広がる花びらが、まるでバレリーナが美しく舞うようだった。

しかも一輪だけじゃない。

月下美人の株についていた花芽が、全部、目を覚ますように開き始めていた。

すっごく濃い花の香りが漂って、この美しさに酔ってしまいそうだ。

「悠宇、すっごいね！」

「そうだな。まさか、こんなに一斉に咲くとは思わなかった」

悠宇も嬉しそうに、うっとりと月下美人を見つめていた。

あ、そうだ。

どうせだし、写真もたくさん撮っとかなきゃ。また来年も同じように咲くかわかんないわけだし。

（んふふー。アタシ、ちゃんと役に立ってるよなー？）

ベストショットが山積みだねー。

ついでに〝you〟のインスタにのっけて『貴重な月下美人が咲きました！　次の販売会はこの子を可愛いアクセにするよーっ』と更新……っと。

んふふー。いいねが増えていくぞー♪

そんな感じで浸っていると、悠宇が懐中電灯の準備を始めた。あと、手元のスタンドライトとか。

「日葵。部屋、暗くするから気を付けて」

「え、どうして？」

「月下美人は夜に咲く花だから。あまり気にすることはないと思うけど……一応、光は少ないほうがいいかもしれない」

あ、なるほどなー。

さすが悠宇。こういう小さいこだわりが、いいアクセを作る秘訣なんだろうなー。

アタシはうんうんと頷きながら……すごく大事なことに気づいた。

「そうだ！　月下美人が咲いたらすぐ採取して作業に移るし、忙しくなる前にお風呂とかも済ませとかなきゃ！」

「あ、そっか。うーん、でも……」

悠宇が渋ってる。

そりゃそうか。悠宇にとっちゃ、一瞬たりとも目を離したくないだろうし。

「じゃあ、悠宇は朝シャワーにしなよ。お母さんに言っとくね」

「ありがと。そうしてもらえると嬉しい」

んふふー。

アタシ、めっちゃ気が利くなー。さすがパートナー兼最愛の恋人！

ついでに悠宇のお夜食、お母さんにお願いしとこーっと。どうせ悠宇のことだし、台所に集まる時間も惜しいだろうしね。

お母さんが準備してくれた夕食は、えのっちが吹奏楽部の練習から帰った後、二人で責任を持っていただきます。

（うまくやれてる。お兄ちゃんが言ったことなんて、なんもアテになんないし）

ということで、アタシはえのっちが来る前に、お風呂をもらうことにした。

大きな湯舟に浸かって、ぷへーっと身体を伸ばす。

真っ白な湯気を見ていると、さっきの月下美人を思い出してしまう。

（すっごいキレイだったー。さすがは美しさの代名詞みたいに言われる花だよなー）

そういえば……。

月下美人は綺麗だけど、すごく気まぐれで有名だ。

実際、あの月下美人は新木先生のところじゃ咲かなかったらしい。

それなのに悠宇が迎えに来た途端、こんなに簡単に咲いちゃうなんて。

まるで悠宇という運命の人をずっと待ってた、眠れる森の美女みたいだ。

……なんちゃって。

アタシは自分のポエムのあまりの恥ずかしさに、お湯に頭まで沈めて「ぷひゃあああっ」と悶えた。

そしてすっきり爽快な気分で、お風呂を上がる。

今日は徹夜だろうし、スキンケアもばっちり決めとかなきゃなー。

（さーて。えのっちはきてるかなー。まずお風呂入るように……）

アタシはルンルンと鼻歌交じりに、月下美人のある部屋に戻った。

そして戸襖を開けようとして――ふと手を止める。

少しだけ開いていた。

そこから、スタンドライトの淡い電球色が漏れている。

話し声がした。

悠宇と、えのっちだ。

えのっちは制服のままで、月下美人が開く様子を見つめていた。

真剣に、一心不乱に。

そのまなざしが、すごくキラキラと輝いていた。

二人が何度か言葉を交わした後、悠宇が言った。

「――――」

それに対して、えのっちは。

少しだけためらった後……小さくうなずいた。

その二人の光景が、なんだか壊しがたい神聖なもののように思えてしまった。

嫌な虫が、またアタシの中で顔を出す。

大丈夫、大丈夫だから。

今度は大丈夫だから。

アタシはちゃんとやれるから。

Ⅲ

〝揺れる心〟

十一月を迎えた。

その最初の土日が、文化祭だ。

この二日間は一般のお客さんにも学校が開放され、文化祭を楽しむことができる。

月下美人もどうにか咲いてくれて、他のアクセも揃った。

俺たち〝you〟のアクセ販売会は、普段の科学室の向かい側にある空き教室（多目的室と呼ばれている）で行われる。水道などの設備が整っている教室は、食品を扱うグループに開放されるので追い出されたのだ。

朝の7時。

俺たちは販売会場の設営を終わらせて、衣装の準備をしていた。俺は日葵に指定された燕尾

服を着て、シャキッとした感じで廊下に立っている。

廊下を、上級生らしき女子たちが通っていった。俺の衣装を見て「わあっ」「すごい気合入ってるねー」「コスプレみたーい」とか言いながら無遠慮に触っていく。文化祭の空気に浮かされているのか、かなりフランクに受け入れられていた。

「…………」

は、恥ずかしい……。

いや、耐えろ。俺。今回の販売会のテーマは『CHIC』だ。なのでこういう衣装を選んだのもうなずけ……え？　うなずける？

スマホで辞書を引けば、CHICとは垢抜けていること。上品で洗練されたものという感じだ。う一ん、まあ、そう言われればそうか？

俺はファッションのことはよくわからないので、日葵に丸投げした結果だ。まあ、いつも雲雀さんがスーツを見繕う店で用意したって言ってたし、間違いはないと思うんだけど。

今は女子たちの着替え中なので、販売会場は閉まっている。ドアの前にはシンプルなブラックボードの看板が立てかけてあった。

『アクセサリーショップ〝you〟出張店』

……本当に店を持ったときって、こんな感じなのかなあ。

そんな何とも言えない気持ちになっていると、会場の中から日葵が呼んだ。

「ゆっう〜。入っていいよ〜」

ドアを開けて入ると、日葵と榎本さんが準備を終えていた。

「……おおっ」

つい声を上げてしまった。

ゴシックドレスに身を包んだ美少女が二人いた。

日葵は華やかな刺繍がたくさんついた黒ドレス。顔立ちや髪の色なども相まって、マジで西洋人形が飾ってあるみたいだ。

そして榎本さんは赤色のシンプルなやつだ。艶やかな髪を巻いて、日葵よりも大人っぽい印象だ。こういう貴族のお嬢様いそうだよな。

「悠宇、どう?」

日葵がぴょこぴょこ跳ねるように近づいてきて、俺の前でくるりと回転してみせる。

「めっちゃ似合ってると思います」

素直な感想を述べると、日葵は「ぷへへ〜」と笑った。

試着のときにも見たけど、やっぱ美少女は何を着ても似合うなあ。俺がしみじみと感慨に耽っていると、ふと榎本さんが手を伸ばした。

「ゆーくん。ネクタイ曲がってる」

「あ、すみません……」

つい敬語になる俺。

いや、だって榎本さんも美少女オーラ凄いんだもん。首元のネクタイを直されている間、俺は緊張しながら直立不動で待つ。

え、俺の息、臭くないよね？　大丈夫だよね？　俺が必死に息を止めていると、すぐに首元が解放された。

「はい。できた」

「あ、ありがとうございます……」

榎本さんがにこっと微笑んだ。

うおお……。なんだコレ、妙に恥ずかしいんだが。

(榎本さん。あの月下美人が咲いたとき以来、物腰が柔らかくなったような気がする……)

触れたらアイアンクローだったのに。

俺、なんかやったっけ。まあ、機嫌がよくなったならいいんだけど。アイアンクローの恐怖に怯えなくていいし……ん？

あの、日葵さん？

じとーっと見るの何なの。おまえが着慣れない服を用意したからでしょ……。

俺はコホンと咳をした。

「日葵。準備は終わったか？」

「ばっちり！　商品を並べるのは、ＨＲの後にしようね」

これから一度、教室に戻ってＨＲがある。それが終わって、文化祭は正式に開始されるのだ。

（ここまでは順調だ……）

販売会場の設営も、日葵のデザイン通りだった。

今回のコンセプトである『ＣＨＩＣ』に即した会場。

シンプルに物は少なく。

長机三台を川の字に並べ、その上に新作アクセを並べる。

数もできるだけ少なめにして、大人な空間を演出する。

教壇に飾ったピンクのアンスリウムの花が、いい感じに映えていた。

（……なんだけど）

俺はふと、妙な違和感を覚える。

なんだろう。

何かが物足りないような……でも、明確に何かってのはわからない。

でも言葉にできずに悩んでいると、榎本さんが心配そうに俺を見ていた。

「ゆーくん。どうしたの？」

「あ、いや……」

たぶん気のせいだろう。

初めてやる自分の販売会で、緊張してるだけだ。

日葵が、俺の様子に気づかずに続ける。

「それじゃ、今日の販売会のおさらいするねー」

「うーす」

日葵の説明だと、こうだ。

・今回のアクセ売上の目標は200個
・ドリンクを飲みながら商品をオススメして、一組一つは買ってもらうことを目指す
・お客さんが入ってきたら、まずドリンクを一人一杯ずつサービス
・今回の販売は、1on1スタイル

天馬くんの個展を参考にした接客スタイルだ。

事前に聞かされてたけど、いざやる段階でとてつもない不安が襲い掛かる。

「その接客、俺にできる……?」

「アハハ。大丈夫だって。そのためにお洒落したんだしさー」

「燕尾服で性格までは変わらないだろ……」

「でも悠宇、個展でアクセ売ったんでしょ？　その要領でやれば余裕だって♪」

「あのときはまぐれみたいなもんだし……」

いや、弱気になってどうする。

俺は上のステージを目指すって決めたんだ。いくら日葵と一緒にやっていくとしても、そのくらいはこなさなくてどうする。

「榎本さんは、他との折り合いはどう？」

「午前中は吹奏楽部の手伝いしなきゃいけないから……HR終わったら、とりあえずこっちの様子も見にくるね」

結局、当日もこうして手伝ってもらうことになってしまった。素直にありがたいんだけど、申し訳なさもあるな。

そんなことを思っていると、日葵が元気よく提案した。

「悠宇、活入れてこーっ」

「ええ……。この格好で？」

「格好は関係ないよー。気持ちの切り替え、ビシッとしていこうぜー」

まあ、日葵がそう言うなら……。

俺たち三人は、中央で手を重ねた。

「文化祭、黒字！」

「いえーい！」

「おーっ」

そんな感じで、俺たちの文化祭は幕を開けた。

……そしてトラブルが発生したのは、その30分後だった。

クラスでのHRは、さながらファッションショーだった。

俺たちの衣装、完全に浮くかなって思ってたんだけど、案外、そうはならなかった。

朝一の体育館での発表に参加する生徒もすでに着替えているし、他の出し物に参加する生徒も思い思いの服装を楽しんでいる。……まあ、俺たちのヴィクトリア朝は明らかに時代が違ったけど。

うちの学校の文化祭は毎年こんな感じだ。地元でも、漫画みたいな面白文化祭が開催されることで有名なのだ。

HR終了のチャイムが鳴ると、担任の先生が話を終えた。

「それじゃあ、あんまり羽目を外しすぎないように。特に夏目な」

なんでだよ。

先生、俺はひと笑い取るための要員じゃないですよ。……最近のアレコレとか思い返すと否定できないんだけどね。

生徒たちがクスクス笑いながら、各自の持ち場に散っていく。

俺と日葵も販売会場へ向かった。

俺はキリキリするお腹を押さえて、うーっと唸った。

「はー。緊張するな」

「ぷはは。悠宇、このくらいで緊張してたら将来やってけないぞー♪」

とか言いながら、自分だってヨーグルッペ飲んでんじゃねえか。一人だけ精神安定を図ってるんじゃないよ。

そして販売会場に近づいた。

とにもかくにも、この二日間は、ここが俺たち〝you〟の店だ。

(絶対に黒字にする)

そして経験を得て、俺の糧にする。

……と思って販売会場に到着すると、どうもドアに見慣れないものが増えていた。

販売会場のドアにお洒落な花のリースが下げてあった。

ほら、あのクリスマスとかに部屋に飾る輪っか。淡いピンク、白、黄色などの小花が敷き詰められ、非常に手の込んだ作りだとわかる。

それを見て、日葵が首を傾げた。

「悠宇、これ下げた？」

「いや……」

まさか榎本さん？

いや、榎本さんは吹奏楽部に行ってるはず……。

それを近くで眺めて驚いた。

（……これ、布アクセサリーか）

布アクセサリー。

東京の個展で見た早苗美湖さんのレザークラフトアクセサリーとはまた違う、薄い布を使用したアクセサリーのことを指す。

その魅力は、何といっても変幻自在な表現力だ。

ぺらぺらの布は、その処理の方法を選ばない。ときに重ね、ときに伸ばし、ときにふわりと丸め、あるいは真綿を詰め、針と糸で縛り……その無限の手法により、あらゆる造詣を可能にする。布アクセサリーは、クリエイターの力量次第でどんなものでも三次元で作り出すことができるのだ。

（しかもこの感じ……市販品じゃない。手作りだ）

そう思ったのは理屈じゃない。

オーダーメイドの、独特の雑味といえばいいのだろうか。

冷たい感じがしない。すごく温かい気がする。クリエイターの人柄が出ているような気がした。

「悠宇？」

「あ、ゴメン……」

いかん。

突然の邂逅に、つい心を奪われかけてしまった。とにかく、こんなアクセサリーを作る人は俺の周りにはいないはず。

学校の生徒じゃ……んん？

「日葵？　販売会場に誰かいる？」

「あ、なんか音がするね」

慌ててドアを開け……その光景に絶句した。

販売会場の中が、迷宮になっていたのだ。

教室に入ると、両側に大きな布が張ってあった。鮮やかな緑色のグラデーションを描く布が、正面に伸びる通路を作っている。

これはパーティションだ。部屋の中で隣が見えないようにしたり、イベントで通路を作るための間仕切り。

「ゆ、悠宇？　何これ？」

「わかんない……」

そのパーティションの通路に沿って、ずらりと長机が並べてある。その長机の上には、俺たちが用意していた大量のロープライスアクセが積んであった。

可愛らしいPOPで『¥500 only』と記されている。

その通路を進んでいくと、突き当たりで直角に曲がった。それを二回ほど続けると——両側の布が途切れて視界が開けた先に、会計のテーブルがあった。

販売会場の窓には、ドアに下げられたものと同じ布製リースがずらりと飾ってある。

教壇に置かれたアンスリウムの花鉢も綺麗に布で着飾ってあった。

（こ、これは一体……？）

日葵が考えていた販売会場のデザインとは全然違う。

もしかして教室を間違えたんだろうかと思ったけど……いや、それはない。

ここは普段の科学室の向かい側だ。文化祭で多少は飾られているとはいえ、この道順を間違えるはずがない。

何よりここには、俺の制作したロープライスアクセが並んでいる。

俺たちが呆然（ぼうぜん）としていると、突然（とつぜん）、見知らぬ声が響（ひび）いた。

『ようこそ！　フラワーアクセサリーの迷宮（ラビリンス）へ！』

そしてパーティションの死角から、大きな影（かげ）が飛び出してきた！

『ばあっ！』

突然（とつぜん）、目の前に謎（なぞ）の着ぐるみが出現した。

「「……っ⁉⁉⁉」」

俺たちはびっくりして、思わず言葉を失う。

……え、ナニコレ？

着ぐるみ……なんか象みたいなマスコットの着ぐるみ。王冠（おうかん）を被（かぶ）っている。

その人（？）は、俺たちのリアクションが不満のようだった。わたわたと着ぐるみの頭部に手をかけて、それを脱（ぬ）いだ。

そして顔を出したのは、快活そうな笑顔（えがお）の女の子だった。

「ども！　あたし、城山芽依（しろやまめい）ッス！」

ビシッと敬礼ポーズで自己紹介をされた。

それに対して俺たちは――。

「？？？」

日葵と顔を見合わせて、完全にぽかーんである。

しかし女の子はそれに構わず、目をキラキラさせながら日葵のドレスに触れた。

「わあーっ！　そのドレス、文化祭の衣装ですか⁉　すごく可愛いッス！」

「あ、ありがとう……？」

日葵がお礼を言いながら、俺に視線を送る。

『え、誰？』

『日葵の知り合いじゃないの？』

『し、知らない子だと思う』

『俺も知らないけど。……あ、榎本さんの？』

『いやいや、えのっちの知り合いなら、そう言ってるでしょ』

……すげえ。アイコンタクトなのに完全に通じ合ってる。

そんな俺たちの様子に、ようやく女の子も気づいた。

「あれ？」

そして自分を指さしながら、不思議そうに首を傾げる。

「あたしのこと、聞いてないですか？」

「……聞いてない、はず？」

日葵に目配せすると、そっちもうなずいた。

と、女の子が両手で頭を押さえて天を仰いだ。

「ガーンッ！」

……今、口で「ガーン」って言ったよな？

俺たちの冷静なテンションもお構いなく、女の子は勝手に盛り上がっていく。

「な、なんという運命の悪戯！　いや試練⁉　これは試練ですか⁉」

「いや、試練かどうかは知らないけど……」

神様に聞いてみないことにはなあ。

いやいや、なんかテンションに押し切られてるけど、これおかしいだろ。

と、女の子はケロッとした顔で言う。

「センパイたちは間違ってないッス」

「そ、そうなんだ……」

じゃあ、この状況は一体？

この完全に別空間と化した販売会場。

そして目の前の、謎の着ぐるみ女子は？

「えっと、城山(しろやま)さん？　きみは一体……」

「あたしですか？」

俺がうなずくと、彼女は右手でビシッと敬礼のポーズを決める。

「城山芽依(しろやまめい)ッス！」

「それは聞いた……」

すると城山(しろやま)さんという女の子は「あ、いけね」と舌を出して笑う。

そして、とんでもないことを言ったのだ。


「〝you〟様の一番弟子(でし)ッス！」


その一言に、俺たちは凍(こお)り付(つ)いていた。

なんか色んな情報が洪水(こうずい)のように押し寄せて制御(せいぎょ)不能って感じなんだけど、とりあえず俺が真っ先に気になったのはコレだった。


その女の子が見ていたのは、俺じゃなくて日葵だったこと。

地域交流プログラム。

簡単に説明すると、中学生向けの体験入学オリエンテーションだ。

うちの学校は、年に二回、体験入学イベントが開催される。一つが夏の授業説明会、そしてもう一つが、この秋の『地域交流プログラム』になる。

文化祭に参加するクラスや部活動に交ざって、より学校の空気を肌で感じてもらおうという趣旨だった。

ただ授業説明会と違って、この文化祭体験は利用する中学生が少ない。正直に言えば、俺もそれがあるってことを忘れてたくらいだ。

いや、一見、すごく楽しそうって気がすると思う。なにせ、うちの学校の文化祭は私立ゆえにけっこう自由度が高い。演劇や出店や占いの館、果てはミスコンなど。このご時世、ここまで遊び倒せる文化祭は珍しいと思う。

それでも『地域交流プログラム』は人気がない。

理由は単純だ。

文化祭が一般にも開放されるのに、わざわざスタッフとして労働に勤しむ理由がない。お客さんとして参加したほうが楽しいに決まってる。

そもそもシステムとして破綻しているのだ。

それでもわざわざ昔の偉い人が決めたものを抹消するためには、それなりの理由とキャパが必要になってくる。

教育者の仕事が過多になったこの時代に、放っておいても問題ないものを改定する元気のある教師はいない。……というのは、我らが笹木先生の切実な言である。

で、今年はなぜかその形骸化されたプログラムを利用しようという物好きな中学生がいたらしい。しかもさらに物好きなことに、この園芸部をご指名ということらしかった。

職員室。

当然のように文化祭実行委員会の担当も掛け持ちしている笹木先生は、連日の激務にちょっとやつれた顔で頭を下げた。

「すまん。おれの伝達ミスだ……」

「い、いえ。先生も忙しいでしょうし……」

そんなにげっそりした顔で言われると、こっちとしても責めることはできなかった。

「笹木先生。俺たち、どうすればいいんでしょうか」

「あー。そうだな。普通なら、おれが事情を説明して妥協案を考えるんだが……」

その顔色が、さらにげっそりとした。

「これ以上、仕事を増やしたくはない……」

「そ、そうですよね」

漏れ出る本音に、さすがに可哀想になってしまった。

笹木先生は、俺のことを大人みたいに扱ってくれる。こういうざっくばらんな物言いも、俺のことを信用してくれてるんだろうし。

「おまえたちは、正直どうなんだ？」

「どうって？」

「中学生が増えて、迷惑か？」

「ああ……」

日葵のほうを見ると、そっちはうなずいた。

「笹木せんせー。あの子、お客様扱いじゃなくていいんだよね？」

「そうだな。申し込みがあったとき、スタッフとして働くってのは了承を得ている」

「じゃあ、アタシは問題ないよ。うちって人数少ないし、臨時スタッフが増えるのはいいんじゃない？　ただ……」

そして俺に目を向ける。

どうやら、俺が初対面の女子とうまくやれるかってのを危惧しているようだ。

「……そうだな。初対面の子は苦手だけど、俺も頑張るよ。せっかく手伝いにきてくれたのに、追い返すのも忍びないし」

わざわざ校外からきてくれたんだ。それにこれは、将来的にアルバイトを雇ったときの練習にもなると思う。

「笹木先生。俺たちでどうにかしてみます」

すると笹木先生が、俺の両肩を摑んで大きくうなずいた。

「すまん！　恩に着る！」

「いえ、俺も今回の販売会ではお世話になりましたから……」

笹木先生は俺と日葵に、それぞれチュッパチャプスを渡してくれた。……あの人、最近は生徒から『アメ配りおじさん』って呼ばれてるんだよなあ。

とにかく話を終えて、俺と日葵は二人で販売会場に戻った。

その途中、俺は素直な感想を呟いた。

「それはいいとして、どうしてうちに……？」

「普通に〝you〟のアクセのファンなんじゃん？」

「いやいやいや。それでも、わざわざ文化祭にきて手伝いする？」

「でも、たまにアクセの購入者さんからお礼の手紙とかメールきてるよね」

「そりゃそうだけど……」

それも確かにすごい労力だと思うんだけど。

でもそういうのとは、熱量が段違いだと思うんだよなあ。

「マジでどうすんの？」

「あー。なんでかアタシのこと〝you〟だと思ってるよなー」

それである。

そもそも〝you〟って、男性って公言してなかったから、そこらへん曖昧だったような気がするけど。

試しにスマホで、改めてインスタのアカウントを見てみた。

これの運営は、基本的に日葵に任せて――。

『素敵な魔法を〝you〟へ――。

花と語らい、その美しさを永久にするために活動するアクセクリエイター。

あるいは美貌の錬金術師＠〝恋〟を知って、新しい自分と表現を模索中♡』

あいたたたたたたた。

そこにはお花畑があった。……いや、アクセじゃなくて頭の中が。

「おまえ何やってんの⁉」

「え？　カッコいいじゃん」

「そんなわけねえだろ！」

　こんなキラキラした自己紹介、男子でやっていいやつが地上に何人いるんだよ。美貌の錬金術師とか、もはや一周回ってギャグじゃん。

（そういえば、〝you〟は正体不明のクリエイターって路線だったな……）

　この文面で、インスタに映っているのは99%が日葵だ。

　俺も映っちゃいるけど……なんかもう完全に撮影スタッフって感じの雰囲気だもんなあ。この状態なら、日葵のことを〝you〟だって間違える人もいるってことか。

「それはいいんだけど、弟子って何？　あの口ぶりだと、日葵がそんなこと約束した感じだけど……」

「いやー、さすがにそれは記憶にないけどなー」

　日葵が首を捻っている。

「とにかく、もう一度、あの子と話すしかなくない？」

　俺たちは販売会場に戻ってきた。

　城山さんは、先ほどと同じ着ぐるみ姿でパイプ椅子に座っていた。

　俺たちを……というか、日葵を見ると嬉しそうに駆け寄ってくる。

「〝you〟様。おかえりなさい！」

「あ、あのね。アタシたち、あなたのこと先生に確認を取ってきたんだけど……」

「えーっ！　水臭いッス！　芽依って呼んでほしいッス！」

「……め、芽依ちゃん？」

すると城山さんが、顔をぱあーっと輝かせた。

「はいッス！」

「………」

日葵よ、わかるぞ。

俺も感じる。この子、なんとなく「あ、話通じないタイプじゃね？」みたいなオーラすげえもんな。

日葵って普通の人には強いけど、こういう天然っぽいタイプは苦手だ。

でも頑張ってくれ。ここはおまえのコミュ力にかかっているんだ！

「あ、芽依ちゃん。えーっとね……」

さっきの笹木先生とのやり取りをかいつまんで説明する。

情報が行き違っていたけど、今回は俺たちの販売会に参加してもらうことにした……という旨を伝えると、城山さんは満足そうに敬礼ポーズを取った。

「一生懸命、頑張ります！」

「あ、ありがとね。アハハ……」

……とりあえず、ここまでは順調だ。

俺と日葵は顔を見合わせると、こくりとうなずいた。

回りくどいのはよくない。ここは俺が言うべきだ。

「俺は夏目悠宇。こっちが犬塚日葵。あともう一人いるんだけど、今は部活の出店のほうに行ってるから後で紹介する。そして……」

俺ははっきりと告げた。

「誤解させちゃったみたいだけど、〝you〟は日葵じゃなくて俺のことなんだ」

そして静寂。

遠く体育館で行われている出し物の音楽が聞こえる。そろそろ来校してきた一般客の賑やかな声も増えていた。

俺たちはごくりと喉を鳴らした。

そして城山さんは——極めて屈託のない笑顔で言った。

「アハハ！　それはあり得ないッス！」

ドギャーン。

あまりにズバッと否定されて、俺たちは二の句が継げなかった。え、俺たち間違ってないよね？　〝you〟って俺だよね？　清々しい否定っぷりに、ちょっと不安になってしまう。

城山さんは、ふわふわした感じで続けた。

「だって、あたし知ってます。日葵センパイが〝you〟様だって！」

「そ、そうなの？」

「はい！　証拠もあるッス！」

「証拠……？」

俺たちがそう主張する以上の証拠が……？

すると城山さんが、自分の頭を指さした。いや、正確にはツインテを縛るアクセサリーだ。布アクセサリーで、ピンク色の花を象っている。

「これ、〝you〟様が初めてくれたアクセを、自分で再現してみました。もう本物は壊れちゃったけど、すごく大事にしてるんです」

「そ、そうなんだ……？」

そのアクセサリーを見せてもらった。

（……これはスイートピーかな？）

スイートピー。

春の季節に咲く、蝶々が飛翔する様子にも似た可憐な花。

それにちなんだ花言葉は『門出』。

これまでの自分を脱ぎ捨て、新しい自分に出会うための花だ。

非常に精巧な出来だ。布アクセサリーは三次元的にものを見るセンスが要求されるけど、ここまで多角的に再現してるのはすごい。どこからどう見てもスイートピーの花だ。

日頃から花に触れている俺ですら、こうやって手にしないと布アクセサリーだと信じられないくらいだ。

（……ん？　この布アクセに似たやつ、作った覚えがあるな？）

かなり前だ。

てか、アレだ。あの日葵に出会った中学の文化祭。あのとき、確かにこういう感じの髪留めを作った記憶がある。

俺は改めて確認してみた。

「そのアクセ、どこでもらったの？」

「えーっと。三年前の中学の文化祭ですけど？」

三年前……俺の記憶とも一致する。

もしかして、あの二日めの大混乱のときに買ったのかな。

いや、それでもおかしいだろ。俺と日葵が親友になったのは文化祭の後だ。それなのに、どうしてこんな勘違いが起こるんだ？

とか俺が頭を捻っていると、日葵が声を上げた。

「あっ」

……日葵さん？

ちょっと待って。その「あっ」って何？　まさかここにきて新事実が発覚なの？

俺は日葵を連れて、廊下に出た。

「え、何？　もしかして身に覚えあり？」

「ぷはは一。そうだった。アタシ、確かに小学生の女の子にアクセ売ったかも……」

「え？　いつ？　そんなタイミングあった？」

「ほら、一日めのラスト。悠宇が店をほったらかしにして外回りしてたじゃん？」

「…………」

あっ!!

あった。確かにそのタイミングがあった。

俺が外回りでアクセを売ろうと四苦八苦してる間、日葵が店番してくれたやつだ。あのとき確かに、アクセがいくつか売れていた。

「あのとき新木先生の生花教室の生徒さんが、悠宇の様子を見にきてくれたんだよ。そのお姉さんが、小学生の妹を連れてたんだよなー。うんうん、確かに面影あるかも」

「それはわかったけど……。でもなんでそんな勘違いが……？」

「うーん。それはアタシにもわかんないけど、まあ、小学生の頃の記憶だし、そういう思い込みもあるんじゃない？」

「まあ、そう言われれば、そうかも……」

日葵が「あーすっきりしたー」と謎が解けて満足そうである。

俺もようやくつっかえてたものが喉を通る気分……って、それだけで終わるわけないだろ。

「いや、弟子って何なの？」

「うーん。それはさすがになー。なんか話したような気もするんだけど」

さすがの日葵も、そんなことまで覚えてないようだ。

「まあ、どっちにしても誤解の理由はわかった」

あとは、それをどうやって伝えるか……。

とか思っていると、城山さんがドアから顔を覗かせた。

「〝you〟様。何してるんです？」

「あ、いや。なんか城山さんのこと思い出したみたいで……」

「ほんとですか⁉」

城山さんがパアッと目を輝かせた。

（うっ！　なんだこの純情オーラは⁉）

なんか心が浄化されるような……このまま、彼女の素敵な勘違いを守りたくなってしまう！

いやいや負けるな夏目悠宇。

ここはビシッと年上の威厳みたいなのを発揮したいところ！

「あのさ。誤解が……」

「えーっ？　悠宇センパイ、またその話ですか？」

「いや、だから本当に……」

「そんなわけないッス！」

ズバズバ断言する城山さん。

その断言っぷりに、俺も記憶があやふやになってしまいそう……。

「だって〝you〟様はスーパーレディなんです！　あんな繊細で綺麗なアクセ、悠宇センパイみたいなのぺーっとした感じの人には無理ッス！」

のぺーっとした人って言われた！

俺がしくしく泣いていると、城山さんが日葵の腕を取って頬をすりすりする。

「だって〝you〟様は、こんなに綺麗でー」

その言葉に、日葵が「ぴくっ」と反応した。

「すごく頭よさそうでー」

ぴくぴくっ。

「最高にカッコイイあたしの憧れの人ッス！」

ぴくぴくぴくっ。

あの、日葵さん？

すごく嬉しそうにスキンシップを図る城山さんに、日葵の頬がゆるゆるになっていく。

俺が嫌な予感を覚えていると、日葵がその頭を抱きしめてゴキゲンに宣言する。

「よーし！　芽依ちゃん、この〝you〟が可愛がってあげよーっ！」

おいこら偽者。

一瞬で懐柔されてんじゃねえよ。

俺は日葵を引きずって、城山さんから距離を取った。日葵のやつ、口元ゆるゆるで「ぶへへ～」とか言っちゃってるし。

「日葵さん？　誤解を解いてくれるんじゃないの？」

「えー、いいじゃーん。アタシを可愛いって言う女の子に悪い子はいないからさー♪」

「おまえ、安っすいな⁉」

「だって最近、みんなアタシの扱い雑じゃなーい？　本来、アタシはこうやって崇め奉られる存在なんだぞー☆」

しまった！

夏休みのアバンチュールモードから冷めたツケがこんなところで……。

「それに一人の女の子の夢を守れなくて、美貌の錬金術師は名乗れないぞ♪」

「そのイッタい肩書、おまえが勝手に名乗ってるだけなんですけど……」

日葵に鼻の先っちょをツンツンされながら、俺は諦めた。

その間に、日葵はお調子に乗って城山さんとイチャついている。

「じゃあ、芽依ちゃん。この文化祭で〝you〟の技術を学んでいってね？」

「はいッス！」

……なんか話が決まってしまった。

（なんか癖のある子だけど、悪い子じゃなさそうだよな……）

まあ、いっか。

俺の目標は、あくまで販売会を黒字にすることだ。

そのためには、日葵が〝you〟だと勘違いされていようが関係ないし……。

とにかくトラブルはあったものの、ようやく俺たち〝you〟のアクセ販売会は幕を開けた。

幕を開けたのはいいのだが、そこで問題が一つ。

この販売会場だ。

俺たちがHRの間に、いつの間にか模様替えされた販売会場。

改めて、俺は見惚れてしまった。

この迷宮……あまりの派手さに面食らったけど、かなり緻密に計算されている。

細い通路に、隙間なく飾られたアクセの数々。高さを意識した配置で、いくつものアクセが一度に視界に飛び込んでくるようになっている。

アクセサリーショップでは、このように縦を意識して商品配置されたものが多い。縦に並べると全体的に厚みが増し、高級感が増すのだ。

そして一見、悪ふざけにも見えそうなパーティションの迷宮。

（これ、お客さんの逆走を止めているのか……？）

順路の幅が狭ければ、必然的に前へ進むしかない。そして前に進行すれば、やがて会計にたどり着く。

ちょっとズルい言い方になるけど……会計の前にきて商品をキャンセルするのはよほどの理由があるときだけだ。

（これは商品を売ること……その一点に特化したデザインだ）

前に進むしかない迷宮。

一度、手にした商品は会計まで直行。

こんなに華やかで悪戯心に満ちたデザインなのに、非常に論理的なシステムを内蔵している。

俺は素直に脱帽した。

（城山さんは、俺たちにはない空間と対話するセンスがある……）

言ってしまえば、大きな布で教室を仕切っただけ。

ただそれだけの手法で、こんなにも奥深い箱を再現してみせた。しかも、俺たちが離れた30分ほどで。

東京での、天馬くんたちの個展を思い出した。

どちらがお洒落かと言われれば……それは間違いなく天馬くんたちの個展のほうがお洒落だ。

でも『商品の売上を取る』ことだけを考えるなら——これが本当に中学三年生の仕事なのか？

俺は知らず、胸が高鳴った。

（これは俺にはない才能だ……）

すごい。

これもまた、アクセの品質以外でアクセをクライアントに届ける技術。

（でも、これは俺たちの考えていたコンセプトと違う……）

俺たちのテーマは『ＣＨＩＣ』。

対して、この布アクセによって飾られた空間は『フラワーアクセサリーの迷宮』。

城山さんの準備したこのデザインは非常に目にうるさい、、、、。

それは悪く言えば子供っぽいが、それでも……。

——と、俺の思考はそこで止まった。

一瞬、日葵の表情が目に入った。

日葵は気まずそうな顔で、格段にレベルの上がった光景を見つめている。その表情は、決して喜んではいいなかった、、、、。

俺の一瞬の昂ぶりも冷めるほどに。

それもそうだ。

俺たちが準備していた販売会場のデザインは、日葵が考えてくれたものなのだから。それを突然やってきた女の子が、無断で全般的に変更した事実は変わらない。

俺は我に返った。

（これは……ダメだ）

本能的に察した。

「あのさ、城山さん。この販売会場、元に戻してもいい？」

できるだけ和やかに提案した。

城山さんは社交性ありそうだし、きっと話せばわかってくれる。

作ってくれたのに申し訳ないけど、きっと快く承知してくれるはずだ。

……しかし城山さんは、そこは頑として譲らなかった。

「やだッス」

やだって……。

俺が言葉に困っていると、日葵が代わりに聞いてくれる。

「ど、どうしてかなー？」

「だって最初の販売会場、めちゃダサいッス」

「だ、ダサい？」

城山さんはうなずいた。

「素っ気ないお洒落と、手を抜くことは違うと思います。あんなダサい空間で〝you〟様のアクセが売られるとか考えただけでもう……」

両腕を大きくクロスした。

「無理ッス！」

「無理かー……」

いや、呑まれるな俺。

この子の強引なテンポのせいで完全に持ってかれてしまう。俺は慌てて、日葵のほうに向いた。

「でも、日葵も元々のデザインがいいよな?」

「う、うーん。えっと……」

日葵のやつ、完全に尻込みしている。

すごい板挟みになっているのを感じる。なまじ城山さんが悪意なく言ってるのがわかるがゆえに、強く言えない感じだ。

城山さんの言うことは、端的だが正論だ。

ただ、究極的には好みの問題でもある。

この問題に正解はない。そのことはわかってる。

(この二か月間、せっかく日葵がやってきたんだし……ん?)

ふと城山さんと目が合った。

じっと俺を見つめていた。

「悠宇センパイ。なんで〝you〟様と一緒にやってるんですか?」

「え……」

俺が言い淀んだ。

「な、なんでって……？」

「カレシさんなのはわかります。何年も一緒にやってるっぽいし。でも、なんでアクセの販売まで口出ししてるんですか？　ただノリでやっても、結果がついてくるわけないッス」

「え、えっと……」

「あたし、〝you〟様のカレシにはなりたくないッス。でも〝you〟様のアクセ販売のお手伝いはしたくて来ました」

俺に真正面から言い放つ。

「だから、悠宇センパイ邪魔ッス」

刺々しい言葉と裏腹に。

その瞳には、俺に対する悪意は見えなかった。

この子は騎士だと思った。

ただ純粋に、〝you〟という主人を守ることだけを考えている。

言い方はともかく……俺はその意志を否定できないと思った。

「カレシ特権であんなダサい販売会やりたいとか言ってる人がいたら、〝you〟様が腐っちゃいます」

その言葉に、俺は自分のミスを悟った。

今回のデザインを考えてくれたのは日葵だ。

城山さんの言葉が刺さるのは俺じゃない。

（ど、どうすれば……ああっ！　日葵が完全にテンパってる！）

日葵の目がぐるぐる回っていた。

それでもアレコレの手前、必死に平静を装ってる。こんなときでも場の空気を読もうとしてくれる。さすが元祖・コミュ力の鬼だぜ！

もうこの空気どうすんだよと必死に考えていると、ふいにドアのほうから声がした。


「……知らない人がいる」


びくーっと、慌てて振り返った。

榎本さんだった。

ドアの隙間から、警戒するようにこっちを覗いている。警戒心剝き出しにゃんこポーズだった。尻尾があったらぷくーっと膨れているに違いない。

てか、開口一番それって……そういえば城山さんのことラインするの忘れてたけど、もうちょっと言い方どうにかならなかったのか……？

日葵がこれ幸いに、そっちに逃げていった。

「えのっち。吹奏楽部のほうは？」

「ひと段落ついたよ。こっちの様子を見にきたんだけど……」

榎本さんは城山さんを見て説明を求める。

「誰？」

「『地域交流プログラム』で参加することになった中学生の子だよ。ゴメンね、俺たちもさっき聞いて報告するの遅れた」

俺が一通り説明すると、榎本さんがため息をついた。

「また面倒くさいことやってるね」

「面目ない……」

すると榎本さん、城山さんのもとへと歩いていった。

「わたし、榎本凛音。ゆーくんたちと同じ二年生」

「初めまして。あたし、城山芽依……」

そして和やかに挨拶を交わした……と思った瞬間、なぜか榎本さんの右手が城山さんの頭を捉えていた。

城山さんが不思議そうに聞いた。

「え？　あの、コレ何ですか？」

あっ。

俺たちが止めようとするも遅く——お約束のアイアンクローが見舞われた！

「〜〜〜〜〜〜〜〜っ！」

城山さんが一瞬で沈んだ。

えぇ〜〜っと俺と日葵がドン引きする中……いや、マジでなんで一発喰らわしたの？　今の挨拶、そういう要素あった？？？

俺たちが唖然としていると、榎本さんが澄ました顔で両手をパンパンと叩いた。

「芽依さん、さっきの廊下で聞いてた。ここはわたしたちの販売会で、芽依さんは初めて参加する新人。〝you〟のことが大好きなのはわかるけど、立場は弁えてね」

「ううっ。で、でも……」

榎本さんがじろっと睨んだ。

「わかった？」

「わ、わかりましたッス！」

蛇に睨まれたカエルの如く、城山さんは堕ちてしまった。

俺は慌てて、榎本さんに耳打ちした。

「あ、ありがとう。榎本さんに悪役させてゴメン……」

「いいよ。わたし、別に好かれたいわけじゃないし」

そして次は、俺の頬をポンポンと軽く叩く。

「ゆーくんも責任者なんだから、いざというときは横暴でも自分の意見を押し通したほうがいいと思う」

「うっ……。わ、わかりました」

榎本さんは両腕を組んだ。

薄手のドレスに包まれたバストと同じくらい自信にあふれた表情で頷く。

「わかったなら、よし」

「あざっす……」

榎本さんが頼りになりすぎて、マジで自分の存在価値を疑ってしまう。

見れば日葵の腕の中でしくしく泣いていた。

(あ、そういえば城山さんは……)

「〝you〟様。ゴメンなさいッス……」

「大丈夫だよー。これで芽依ちゃんも〝you〟の弟子としてスタートラインに立てたね♪」

「コレが必須イベントなんですか⁉」

バトル漫画みたいな会話してんなあと思いながら、俺は手を叩いた。

「とりあえず、すぐにデザインを元に戻そう。城山さんも手伝ってほしい」

「芽依ちゃんが持ってきてくれたデザインはまた今度ね？」

その城山さんは……。

「わ、わかったッス……」

渋々と了承して、着ぐるみの上半身を脱ぐ……あれ？

城山さんの着ぐるみの中身は、無防備なインナー姿であった。

「悠宇！　見ちゃダメ！」

「ゆーくん、向こう向いて！」

二人から同時に顔をバシーンと叩かれる。

「ぐはあ……っ⁉」

理不尽だ……と思いながら後ろを向く。

「あれ？　あたし何か変ですか？」

「芽依ちゃん、こっちきて！」

「着替え……吹奏楽部に何かないか見てこようか？」

「あっ。あたし制服持ってきてます！」

「じゃあ、それに着替えて……」

まだ文化祭が始まって1時間も経ってないんだけど……。

そんなことを思いながら、急いでデザインを元に戻すのだった。

♣♣♣

やがて12時を回った。

一日めの午前の部が終了。

俺たち〝you〟の販売会――現在、実績5個。

「渋い……」

「うーん。そだねー……」

俺の嘆きに、日葵がぼんやりと答える。

全然、お客さんがこないのだ。

アクセ販売会に……というか、この特別教室棟にほとんど人がこない。たまに近所の高齢のご夫婦が覗いたりするけど、ちょっと話をするだけで帰っていく。

ずっと直立で待ってるから、ちょっと脚が限界……と椅子に座った。

日葵は文化祭の冊子をめくりながら欠伸をしていた。

「ほら、午前中、体育館でダンスバトルやってたし？」

「そんなに人気なの？」

「そだよ。悠宇、知らない？」

「去年、あんまり文化祭回った記憶ないわ……」

「まあ、悠宇はずっと展示の店番やってたからねー」

日葵が苦笑しながら、冊子を差し出した。

タイトルは『文化祭のしおり』。なんて捻りのないネーミングだ。それのプログラム一覧のページを開いた。

「……なるほど。一日めの午前中が、運動部の出し物になってたのか」

「そゆこと。一日めのメインイベントだし、生徒もそっち行っちゃうからさー」

騒がしくて目立つ系……というか、リア充系と言ったほうが正しいだろうか。

さっき日葵が言った運動部対抗のダンスバトルは目玉だし、こっちの地味な展示とかに流れてくるのは期待できないか……。

「午後からはクラスの演劇とかOB参加のディベート大会だし、こっちにも人、増えるんじゃない？」

「そうだといいけど……」

確かに、さっきから廊下の人通りも少しずつ増えている。

お昼になって飲食系の出店に誘われた生徒たちが体育館を抜け出し、そのままこちらに足を向けているのだろう。

……というか、グラウンドのほうからいい匂いがする。

そういえば、俺も腹減ったなあ。朝は緊張して、メシ食えなかったし。

「日葵。昼メシどうする？」

「んー。そろそろ、えのっちもこっちくると思うし、それから決めていいんじゃない？」

「そうだなあ……てか榎本さん、今、何してるの？　吹奏楽部？」

「そだよー。吹奏楽部でくす玉オムライス屋さんするって言ってた」

「マジかよ。ガチなやつ？」

「えのっちフレンズが『ナイフ入れて半熟卵が流れ出すレベル目指す』って言ってたねー」

「ええ。むしろ俺が食べたい……」

そういえば東京旅行で、それ系のオムライス食べたなあ。

ゴシックドレスの調理風景とかYouTubeにのせたらバズりそう……とか新たな商機を見出している場合じゃない。

つい口の中がじゅるりとなっていると、脇から城山さんが言った。

「このままでいいんですか？　やっぱり販売会場のデザイン変えます？」

「いや、それはダメ……」

城山さんは黒のブレザー姿で、ブラブラ脚を振っている。

「じゃあビラ配るのは？　悠宇センパイ、用意してないんですか？」

「うちの文化祭、ビラ配り禁止なんだよ。ゴミの問題が出てくるし、資源を大事にって感じで。

学校の掲示板にポスターは貼ってあるんだけどね」

「うわーん。せっかく〝you〟様の販売会なのにーっ」

販売用のアクセを一つ、手に取った。月下美人の花びらをプリザーブドフラワーに加工したイヤリング。今回の販売会の目玉商品の一つだ。

「〝you〟様が特別に作ったロープライスモデル……こんなの絶対に買うしかないッス！」

「それはどうも……」

「？　何で悠宇センパイが返事するんですか？」

「そ、そうだったね。ゴメンね」

しかし、これでも疑われないの凄いよな……。

城山さんは特に不審を抱くこともなく、日葵にせっつく。

「〝you〟様。あたしのデザインにしましょうよー」

「んふふー。もうすぐ助っ人が来るからそれは却下だよー」

すげなく断られて、城山さんが「しょぼーん……」としょぼくれた。この子のリアクション、慣れたら愉快だなあ。

……って、助っ人？

俺も初耳の情報に、つい食いついてしまう。

「日葵、どういうこと？」

「んふふー。アタシがただ突っ立ってるだけだと思った？」

日葵はスマホで時間を確認すると、すっと椅子から立ち上がる。

そしてビシッと謎ポーズを決めると、自信満々に宣言した。どうでもいいけど、今おまえゴシックドレス着てんだから大人しくしとけし。

「この天才クリエイター〝you〟たるアタシにかかれば、秘策の一つや二つ用意してるってもんですよ！」

「わあ！〝you〟様かっこいーッス！」

うっわあ。お調子乗ってんなあ……。

パチパチパチ～と拍手して盛り上がっている二人を尻目に、俺はちょっとあいたたたな気持ちだった。将来どんなに売れても、俺は絶対に自分のこと『天才クリエイター』とか言わないようにしよう……。

（しかし、助っ人とは？）

榎本さんは助っ人ではなく〝you〟のメンバーだよな。

あるいは真木島……いや、あいつが手伝ってくれるとは思えねえなあ。そもそもテニス部の焼きそば屋台の指揮で忙しいらしいし。

とか思っていると、タイミングを見計らったようにドアが開いた。お客さんだ、と俺は慌てて立ち上がって声をかけた。

「ようこそ！　アクセサリーショップ〝you〟へ……あれ？」

俺が呆けたのは、それが顔見知りだったからだ。

同級生の女子二人が、まるで鏡合わせのようにぴったり左右対称のピースを決める。

「いえーい！」

「夏目くん、元気ーっ!?」

金髪ミドルの活発そうな女子、井上茉央さん。

そして黒髪の大人ポニテの女子、横山亜寿美さん。

あのほら、アレだ。真木島と同じクラスで、一学期のアクセ騒動のときにオーダーメイドアクセを制作した二人。

あの一件から顔を合わせると話すようになってたし、もしかして寄ってくれたのかな。そう思っていると、日葵が二人に寄っていった。

「やーやー。二人とも、ご協力感謝！」

「いいよー。アタシたちも前回のリベンジできるからね！」

「てか日葵さんたち衣装すごくない？　舞踏会なの？」

キャーキャー言いながら、ゴシックドレスを弄り回している。

俺はその会話の横から聞いた。

「リベンジって何？」

するといのうえ井上さんが、いかにも馴れ馴れしい感じで俺の肩をペンペン叩いた。痛い痛い。バレー部の気楽な殺人タッチ痛い……。

「ほらほら、前はうちらのせいで迷惑かけちゃったじゃん?」

「いや、迷惑ってことないよ。むしろ俺たちのほうが……」

「アハハ。夏目くん、気遣いのできる男だねー。ま、とりあえずうちらも消化不良ってことで、宣伝隊長の復活じゃん?」

「あ、そういうことか……」

そういえば、前回のときも俺のアクセを広める手助けしてくれたんだよな。……なんか気にさせちゃって申し訳ないな。

日葵が人差し指を立てた。

「ということで、この二人には歩く広告塔として、新作のロープライスアクセを身に着けて文化祭を過ごしてもらいまーす」

いえーい、と女子三人でハイタッチして盛り上がっている。

そこでようやく、俺は趣旨を理解した。

つまり中学の文化祭で起こっていた現象を、意図的に引き起こそうというわけだ。

あのときは紅葉さんに憧れていた短大生たちが、そのTwitterで宣伝しているフラワーアクセを身に着けて校内を歩いた。それが結果として、他のお客さんたちを集めることになったのだ。

そんなことを考えていると、井上&横山コンビのほうから城山さんに話しかけた。

「やっほー。きみが弟子志願の子？」

「よろしくねー。わたしら宣伝隊長でーす！」

さすがのコミュ力で、一気に距離を縮めていく。

真木島が言うには、日葵に次ぐ人気を誇ると言われる女子コンビだ。初対面でもリアクションがまったく変わらないのは大きな武器……って、あっ！

「ふ、二人とも、あの実は……」

そういえば、城山さんには日葵が〝you〟ってことになって……ん？

俺が慌てると、井上&横山コンビがプププッと面白そうに顔を見合わせる。

「わかってるよー。〝you〟は日葵さんだよねー？」

「わたしらは、日葵さんのアクセを宣伝するんだもんねー？」

そして二人で、ニマニマ顔を俺に近づける。

「下働きの？」

「夏目くん？」

やかましいよ。

最初から設定は伝えてたのか。二人とも文化祭めっちゃエンジョイしてるようで俺も嬉しいです。まる。

城山さんは突然に現れた陽キャコンビにも臆さず、いたって平常運転で挨拶した。

「城山芽依ッス！　よろしくッス！」

「うぃうぃ～。よろしくね～」

ペチーンとハイタッチを決める。城山さん、ノリがいいなあ。

自己紹介も済んだところで、この二人に着けてもらうアクセを見繕うことにした。

そこでふと、日葵が提案した。

「そうだ。芽依ちゃんに決めてもらおっか？」

「あたしですか？」

てっきり日葵が決めたがると思ったので意外だった。すると俺の疑問を察したのか、日葵がそっと耳打ちする。

「いやほら。さっき販売会場デザインで却下しちゃったじゃん？」

「ああ、なるほど。あえて大事な仕事を任せる感じか」

確かにせっかく弟子になるってきてくれたのに、雑用ばかりだと気が滅入るかもしれない。

俺たちは今回、商品として用意したアクセを全種類並べてみた。

「芽依ちゃん。この二人に似合うアクセ、どれがいいかなー？」

日葵がニコニコしながら聞くと、城山さんは指を差した。

「これッス」

「え……」

月下美人のアクセだった。

榎本さんの助言で制作した、２０００円のアソートセット。

その指定に、日葵が首を傾げる。

俺もまさかこれを選ぶとは思わなかった。

井上&横山コンビは、どちらかといえば華やか系。この月下美人のしっとりとした美しさはミスマッチだと思ったのだが……。

城山さんが補足した。

「宣伝に使うなら、主力商品がベターだと思うッス」

「あ、なるほど」

その言葉に納得したのは、俺だけのようだった。

日葵や井上&横山コンビは「他のがよくない？」という感じで目を合わせている。サンプルとして使うので、価格が高いものを身に着けるのは気が引けるのだろう。

でも、俺は逆に感心していた。

（……城山さん、すごいな）

その判断は、非常に的を射たものだった。

宣伝の鉄則として、まず販売会の主力商品が目につかなくては意味がない。それはどんな業界でも同じことだ。

驚いたのは、事前説明なしに『月下美人が主役』だと見抜いた点だ。

普通はああいう聞かれ方をしたら、『井上&横山コンビに似合うアクセ』という思考を取るはずだ。それなのに、こっちの意図と状況を正確に読んで別の回答を提示した。

いや、それはあくまで彼女の片鱗だ。

何が一番すごいのか。

それは、その判断に迷いが一切ないところだ。

先ほど見せた、布アクセサリーで作った販売会場のデザイン。あれによって、城山さんは空間と対話するセンスがあることがわかった。

でもそれを活かしたのは、たった30分で模様替えを完成させる判断の速さ。

普通は迷うはず。「自分がそう思った」というだけで、他人の販売会に手を入れられるはずがない。

でも、彼女にはその迷いがない。

ゆるい雰囲気で隠れているけど、ただの中学生じゃない。

(もしかして、この子も榎本さんみたいな販売業の経験者かな……?)

俺がじっと見ていると……城山さんがなぜか両手で遮った。

なんだ、と思っていると、彼女はズバッと言う。

「ゴメンなさい！　悠宇センパイ、まあまあかっこいいけど趣味じゃないッス！」

「違うから！　そういう意味で見てたわけじゃないから！」

あの、日葵さん？　変な目で見るのやめ……って、井上&横山コンビもヒソヒソしない！

とにかく！

井上&横山コンビが身に着けるアクセは月下美人で行くことにした。

その判断は、きっと間違っていないはずだ。

♣♣♣

井上&横山コンビを送り出すと、入れ替わるように来客があった。

犬塚家が誇る超絶イケメン、雲雀さんだ。

「やあ、悠宇くん！」

「雲雀さん!?」

今日も華麗にスーツを身に纏い、真っ白い歯をキラーンッと輝かせる。

「きてくださったんですか？」

「もちろんじゃないか。悠宇くんが行くところなら、地獄の底だって会いにいくよ」

　いつもの華麗な義兄ジョークを挟みつつ（ジョークだよな？）、雲雀さんは販売会場を見回した。

「………………」

　そして一瞬だけ沈黙した後——ニコッと微笑んだ。

「いい店だね」

「ありがとうございます！」

　……あれ？

　今の、ちょっと間があったよな？

　もしかしてよくなかった？　いやでも、雲雀さんはそういうのはズバッと言うしな。俺が少しモヤッとしていると、日葵がとてとてと近づいてきた。

「お兄ちゃん。いらっしゃーい」

「やあ、日葵。今日も悠宇くんのアシスト頑張っているかい？」

「あ、お兄ちゃん！　それはちょっと……」

　するとニューフェイス城山さんが、ひょこっと顔を出した。

「〝you〟様のお兄様？　あ、あたし城山芽依ッス！　〝you〟様の一番弟子ッス！」

　あっ。

　すると雲雀さんが、不思議そうに首を傾げた。

「……僕が〝you〟のお兄様？」

「あ、いや、それは……っ」

慌てて説明しようとすると、雲雀さんが眉根を寄せる。

無言で俺たちの顔色を見ると、顎に指をあてて何かを考える。カシャカシャカシャ……と高速で思考が進む。その時間は数秒程度のことだった。

次の瞬間、爽やかな営業スマイルで城山さんの肩を叩いた。

「そうだね。僕が〝you〟の実兄である雲雀だ。城山くん、ぜひとも励んでくれ」

「あ、ありがとうございまッス！」

……さすが雲雀さん、一瞬で状況を察してくれた。そのスキルはありがたいんだけど、さっきの『〝you〟の実兄』って台詞に妙に力が入ってたの気のせいだよね？

ホッとした日葵が、雲雀さんに可愛くおねだりする。

「ね、お兄ちゃんもアクセの広告塔やってよ」

「広告塔？　……ああ、このアクセを身に着けて校内を歩くということかい？」

「そうそう。お兄ちゃんなら女性用アクセでもイケるでしょ？」

井上&横山コンビと同じように月下美人のイヤリングを差し出した。

中でも、これは大きな花被を丸ごと使用したもの。三分咲きで開き切っていない花被を用いることによって、儚い美女がうつむく様子を描いたものだった。

「まあ、他でもない〝you〟の頼みだからね。そのくらいは手助けしてあげよう」

「やったーっ！　お兄ちゃん、大好きーっ！」

さっそくイヤリングを耳に挟む。さすが生粋のイケメンは、何を着けてもオーダーメイドみたいに似合うなあ。

「雲雀さん。おひとりですか？」

「いや、地元住みのOB数名できているんだ」

うちの学校のOB？

まさか……と思っていると、雲雀さんが廊下のほうに振り返った。

「咲良くん。きみも宣伝を手伝ってあげたらどうだい？」

「嫌よ。雲雀くん、本当にうちの愚弟に甘いわねえ」

ええ……っ！

俺が慌てて振り返ると、珍しく余所行きの格好をした咲姉さんが立っていた。

黒のオールインワンでお洒落に決め、チェックのジャケットを肩に掛けて大人っぽい雰囲気をプラスしている。そのでかい輪っかのイヤリングとかどっから出してきたんだよ。

……そんなレアな咲姉さんはスッゴく機嫌悪そうな顔で、こっちをじーっと睨んでいた。

「ゲッ……」

「……愚弟。本人を前にそのリアクション、いい度胸ね」

いや、学校行事に身内がいたら、こんな感じになるだろ。

せっかく綺麗に化粧しているのに、俺の姉が怒りのオーラ全開で残念すぎる。

「咲姉さん、何しにきたの……？」

まさか出不精のこの人に限って、母校の文化祭を楽しみにきたってこともないだろう。

そう思っていると、雲雀さんが代わりに説明してくれた。

「午後からのディベート大会にOBチームとして参加するんだよ」

「ああ、なるほど……」

そういえば、プログラムにOB参加のディベート大会があるって言ってたな。

去年は日葵が見にいったらしいんだけど、確か一つのお題を出して、在校生と卒業生から交互に意見を述べていくってやつだ。

こう書くと堅苦しい感じがするんだけど、お題が『今期のあのドラマどう思う？』みたいな方向なので、案外、和気あいあいとしたイベントになるという。バラエティ番組で芸能人が意見を交わし合って笑いを取っていく感じに近い。ちなみに勝ったほうには、文化祭での食事券が配付される。

（……しかし、この二人を相手にする在校生、可哀想すぎでは？）

まだ見ぬ在校生に俺が心の中で合掌していると、咲姉さんがため息をついた。

「まったく。あんた、普通に販売会できないの？」

どうやら、〝you〟が入れ替わっていることを指しているようだ。さっきの雲雀さんとの会話を聞いていたんだろう。

咲姉さんはそう言いながら、アクセの一つを手に取った。

その動作に、俺はついドキッとしてしまう。咲姉さん、アクセに関してはかなりズケズケ言ってくるし、かなり恐い……。

しかし予想に反して、咲姉さんの言葉は穏やかなものだった。

「……アクセはいいんじゃないかしら。価格と品質のバランスが取れていると思うわ」

おお。

なんか普通に褒められて、拍子抜け……ん？　「アクセは」？　なんか今、ちょっと引っかかる言い方じゃなかったか？

「ところで、悠宇くん。お昼はどうした？」

「いえ、まだですけど」

「そうか。それなら、僕と食べに行かないか？　この実兄たる僕とね！」

めっちゃ強調してくるんですけど。

てか、もはや〝you〟周りの設定、完全に無視なんですけど。もう実兄の部分しか興味ないってのはよくわかったよマイブラザー。

「あー、お兄ちゃん！　ズルい！　アタシも行く！」

当然のように、日葵が名乗りを上げる。

しかしそこは雲雀さん、ハンッと一笑に付した。

「店番を放棄するなど以ての外だ。まさか中学生の少女に押し付ける気か？」

「うう……っ！」

ド正論に制されて、日葵は黙った。

その城山さんは「〝you〟様、頑張りましょう！」と嬉しそうに意気込んでいる。まあ、憧れの〝you〟と二人きりなら文句ないだろうな。

「さ、悠宇くん。一緒に行こうか？」

「あの、やっぱり俺が残りましょうか？　そもそも、俺は販売の経験値を得たいので店を離れるのは……」

「ハッハッハ。そうやって焦らすのはいい手管だが、僕には通じないよ。この美貌の錬金術師め♪」

マジでそれやめてください！

唐突にぶっ込むとか、あなた人の心がないんですか⁉

なぜか顎クイされている俺を見て、城山さんが「わあっ……」ってなってるし。いやいや違います。そういう関係ではないです。ただの未来を誓い合った義兄弟なだけ……ってそれも違うだろ。ちょっとロマンス入った三国志じゃないんだよ……。

「日葵、すぐ戻ってくる……」

「悠宇の裏切者ぉ～……」

そう恨みがましく言われても、おまえの兄の所業なんだが。

いったん日葵と城山さんに店を任せて、俺は雲雀さんと一緒にグラウンドのほうへと向かった。

グラウンドには、学校のイベント用テントがいくつも並んでいた。

飲食系の出店エリアだ。

焼きそばやたこ焼き、フランクフルトなどのがっつり系。チョコバナナみたいなスイーツ系もある。芳ばしい香りや甘い香りでむせ返りそうだった。

俺の肩に手を置き、雲雀さんがスマートにエスコートしてくれる。芸能人みたいなイケメンオーラを垂れ流し、すれ違う女性がみんな振り返るのやばすぎ。イヤリングも存在感ばっちりだし、雲雀さんのおかげで今日だけで黒字になっちゃいそう……。

「さて。悠宇くん、何がいい？　このお実兄ちゃんに言ってごらん？」

「いつもとニュアンスが違うような気がするんですけど……」

後ろから咲姉さんが、やれやれとため息をついた。

「……雲雀くん。どうでもいいけど、私の前で愚弟とイチャつくのはやめなさい」

「いいじゃないか！　こういうチャンスでもなければ、お天道様の下で悠宇くんと過ごす機会はないんだ！」

なんか後ろ指さされそうな言い方、やめてくれませんかね。この前の夏休み、一緒に海に行ったじゃん……。

とか思っていると、向こうのテントから名前を呼ばれた。

「よう、ナツよ！　昼飯でも探しにきたのか!?」

聞き覚えのある声だなと思って目を向けると、予想通り真木島の姿があった。

おおっ。頭にタオルを巻いたチャライケメンが、怒涛の勢いで焼きそばを炒めている。ステンレスのヘラを器用に扱い、ジャッジャッジャッと中華麺と具材を鉄板の上で躍らせていた。

そういえばテニス部、焼きそばの屋台だって言ってたな。

やはりベターなチョイスだけあって、テントの前にはずらっと行列ができていた。テント内では、部員たちが忙しなく働いている。男子は調理や具材の準備、女子は会計などの裏方を担っているようだ。

「次、5番の二人前！　6番の大盛も出すぞ！　7番、8番の麺と具材を寄越せ！　10番台の列と20番台の列の手が遅くなって……5分ローテだと言っておるだろうが！　手が空いてるやつ、交代してやれ！」

ズバズバと手を動かしながら、真木島は現場の指揮も執っている。その凄まじい気迫に、部員たちもテキパキと従う。

夏の大会が終わって、新キャプテンに任命されたらしい。こいつ基本的に自分で率先して動くから、みんな言うこと聞いちゃうんだよなあ。

雲雀さんも、その陣頭指揮に感心していた。

「慎司くん。なかなかやるじゃないか」

真木島がハッと笑った。

「ナハハ。そこでのんびり構えていたまえ。貴様が在学中に記録した売上、今年はオレが塗り替えてやろう！」

「ハッハッハ。それは楽しみだね。ま、きみ如きに超えられる記録というなら、今まで塗り替えられなかった歴代の後輩たちもタカが知れているということか」

「おおんっ!?」

おい雲雀さん、楽しそうに高校生を挑発するんじゃないよ。

いつの間にか夏休みにやったビーチバレーの第2ラウンド始まってる。てか、雲雀さんが学校に残した爪痕が多すぎるんだが？

真木島が炒めていた焼きそばを、乱暴にパックに詰めた。ドンドンドンッと後ろのテーブルに積み上げると、パック詰め作業をしている女子部員に叫んだ。

「そっちのナツたちに、この10人前を渡せ！」

「え？　俺たち頼んでないけど……」

真木島は鼻で笑った。

にやあっと口角を吊り上げると、非常に悪者っぽい笑顔で言う。

「オレ様のおごりだ。この程度のハンデで超えられぬ記録には見えんのでなァ？　この完璧超人が土下座してオレを褒め称える未来が愉しみだよ」

「……なかなか言うね。そんなに僕に構ってほしいのかな？」

こらこら二人とも、店先でバチバチしちゃダメでしょ。他のお客さんがドン引きしてるじゃん……。

パンパンになったビニール袋を受け取りながら、雲雀さんが静かに髪をかき上げた。

「フフッ。その無駄な努力に敬意を表して、午後からのディベート大会は全力で戦ってあげよう」

「ナハハ。そりゃ好都合だ。後輩たちの前で、生き恥を晒させてやる」

例の可哀想な在学生、真木島だったんかーい。

もうなんか、こいつほど文化祭をエンジョイしてる生徒いねえなあ……。

「じゃあ、真木島。また後でな」

「ふむ。……あ、そうだ。ナツよ」

なぜか呼び止められる。

すると真木島が、どこか楽しげに目を細めた。

「アクセ販売会の調子はどうだ？」

「……いや、午前中は、あんまりよくない」

それだけ聞くと、真木島は「なるほど」と肩をすくめて作業に戻った。

（……何だったんだ？）

また変なこと企んでないといいなあと思いつつ、俺たちはその場を離れた。

昼食を確保したが、さすがは昼時。

グラウンドの外側に設置されたテーブル席は見事に満席だった。

「うちの販売会場に戻ります？」

「愚弟。あんたお洒落アクセ売ってるところで焼きそば食べる気？」

そうでした。

匂いが残って大変なことになるところだ。でも実際、ここで立って食べるわけにもいかない。

すると咲姉さんが、ちょいと向こうを指さした。

「愚弟。あそこの木陰の席、食べ終わってるのにいつまでもくっちゃべってる小娘どもがいるでしょ。追い払いなさい」

「咲姉さん……」

この人、現代の山賊かよ。

学年もわからない相手にそんな蛮行できるわけないだろ……。

「ハッハッハ、咲良くんは相変わらずだね。どれ、僕が話を付けてこようかな」

雲雀さんが髪をかき上げながら、その女子グループへ穏やかに話しかけた。

その瞬間、女子たちをイケメンキラキラビームが襲う！

真正面から喰らった彼女たちは、顔を真っ赤にしてバタバタとテーブルを片付ける。それから一緒にスマホで写真を撮ると、ほくほく顔で手を振って行ってしまった。

雲雀さんは満足げに微笑んだ。

「やはり人間、ちゃんと話せばわかってくれるものだね」

……雲雀さん。たぶんそれ違います。

さすが日葵の兄だなあと実感しながら、うまいこと木陰のテーブル席を確保した。雲雀さんがビニール袋から焼きそばのパックを取り出していく。

「せっかくだし、慎司くんの厚意に甘えて昼食を頂こうか」

「にしても、これ多すぎですね……」

日葵たちにも持っていくとして、それでも食べきれるのか。

咲姉さんが、うんざりした様子で割り箸を二つにする。

「うちの愚弟といい、真木島の弟といい。雲雀くん、年下の男、ほんと好きよねえ」

「いやいや、誰でもいいというわけでもないさ。悠宇くんのアクセへの情熱は見ていて気持ちがいいし、慎司くんのように全力で噛みついてくるのも楽しい」

「あんた、それ年寄りの思考だって気づいてる？」

「……それは痛い指摘だ。日頃から職場の老害どもを叩き潰すことばかり考えていると、自分まで染まってしまうのかな。これからは意識して改めていこう」

同じように焼きそばのパックを開けながら、咲姉さんが言った。

「というか、愚弟。あの新しい女の子は何なの？」

「いや、『地域交流プログラム』で園芸部に参加したんだよ。なんか〝you〟のファンで、そのせいで指名してきたんじゃないかって」

「ああ、それで日葵ちゃんのこと〝you〟だと勘違いしてたのね。また性懲りもなく、他の女の子に手を出そうとしてるのかと思ったわ」

「言い方。咲姉さん、それ実の弟に言っていいやつじゃなくね？」

咲姉さんはフッと笑った。

「実際、凛音ちゃんのほうはどうなったの？」

「……ちゃんとやれてる、と思うんだけど。本当は今回の文化祭、榎本さんは吹奏楽部のほうに参加して、うちには不参加のはずだったんだ。榎本さんが空気読んでくれて、あんまり関わらないようにしようみたいな空気もあったんだけど……」

「へえ？　でも、ずっと一緒に準備してたわよね」

「真木島のやつが、夏休みの紅葉さんの一件を持ち出してきたんだよ。それで文化祭の間、榎本さんも〝you〟の販売会の手伝いしろって……」

「……なるほど。あの小細工大好きな性格、いったい誰に似たのかしらねえ？」

咲姉さんの視線を受けて、雲雀さんが肩をすくめた。

「どちらかといえば、この手のやり方は、僕ではなく咲良くんのほうではないかな？」

「あら。私、そんなに性格悪くないわよ」

「ハハッ。どの口が言うのかな」

相変らず仲がいいことで……。

（でも咲姉さん、今日も機嫌いいな。蹴りが飛んでこないし。これなら……）

俺は例の『3つの条件』の内容を話した。

雲雀さんはすでに日葵から聞いていたようだし、特にリアクションはない。

「真木島が何か狙ってるような気がするんだけど、何なのかなって……」

「んー……。まあ、想像はつくけど」

咲姉さんはあっさりと言った。

さすが頭の回転が凄まじい。本当に俺と同じ血が流れているんだろうか。……あれ？　もしかして小さい頃に言われてた『俺は赤い橋の下で拾われた』って話、まさかマジなの？

そんな話をしていると、ちょうどテントを見回っていた笹木先生が目に入った。先生はこっちに気づくと、ポケットに手を入れてのしのし歩いてくる。

連日の激務にげっそりした顔だが、かつての教え子を前に明るい笑顔を見せた。

「おう、雲雀、咲良。今年も呼びだして悪いな」

雲雀さんが椅子から立ち上がると、丁寧にお辞儀する。

「いえ。今年も笹木先生の元気なお姿を見られて、大変嬉しく思います」

「わっはっは。こいつ、また思ってもないことを！」

笹木先生が笑いながら、雲雀さんのわき腹を小突いた。雲雀さんも楽しげにくつくつと笑っている。

咲姉さんは「またやってる……」とため息をついた。

どうやら、この二人の恒例行事らしい。

うーん。これが大人のコミュニケーションってやつだろうか……。

「そういえば、雲雀。その目立つ花のイヤリングはなんだ？」

「これは悠宇くんのアクセ販売会の広告塔の役を仰せつかりまして。ディベート大会もこの格好でいこうと思います」

「ははあ。そりゃいいな。おい夏目……」

と、咲姉さんの存在を思い出して、笹木先生は言い直した。

「……っと、にゃん太郎。おまえ、ディベート大会が終わったら気合い入れて待ってろよ。雲雀に引き寄せられた女子どもがこぞって買いにくるはずだ」

「ハハ。それは言いすぎですよ。まあ、任された最低限の仕事はこなしますが」

またにゃん太郎って言われた……。

咲姉さんと苗字被りなら、普通に「悠宇」って呼んでほしい。

俺が気まずい思いをしながら焼きそばを食べていると、ふと会話が途切れたときに笹木先生が何気なく言った。

「そういえば二人とも、紅葉と弥太郎とは連絡取ってるか？　いい加減、咲良も素直に――」

――ヒュオッと、周囲の温度が下がったような気がした。

寒気がしてブルッと震える。隣のテーブルの生徒たちが「え、何⁉」「うわ寒っ！」と慌てていた。

雲雀さんと咲姉さんが、冷酷な瞳で笹木先生を見つめている。その凄まじい圧たるや、あの大人気海賊漫画に出演すれば覇気とかも使えるかもしれない。

笹木先生も感じ取ったらしく……しかし慣れっこなのか、まったく臆することなくため息をついた。

「………なるほど。相変わらず、か」

なぜか俺の肩をポンポンと叩くと「ま、二人とも楽しんでいけ」と言ってチュッパチャプスを三本、テーブルに置いていった。

先生の姿が人混みに消えると、ホッと空気が弛緩する。

「〜〜〜っ！」

しかし咲姉さんは顔を真っ赤にしながら、プルプルと肩を震わせている。……あ、握った割り箸がベキって折れた。

「……だから母校の文化祭なんて、きたくないのよ！」

「あの人も教え子の近況が気になるのさ。特にあの二人は、卒業後に恩師に連絡を寄越すタイプでもないからね」

「あのおっさん、毎年、同じこと言ってるわよ？　もうボケが始まってるんじゃないの？」

「咲良くんが愛想よく別の話題を振っていれば、こういうことにもならないはずだろ」

「嫌よっ！　あのおっさん、狙ってやってるんじゃないかってくらい人が嫌がる話題を的確に突いてくるのよ⁉」

聞かないふり、聞かないふり……。

俺は風景のモブと化すよう念じ、姉の地雷をうまいことやり過ごす。

学生時代の痴情の縺れって一生言われ続けるんだなっていう地獄の見本を見せつけられていると、雲雀さんが穏やかに話題の方向転換を試みた。

「そういえば悠宇くん。さっきテントを離れるとき、慎司くんからは何と言われていたんだい？」

「え？　……ああ。うちのアクセ販売会の調子はどうだ、と」

「ははあ、それは僕も気になるな」

「やっぱり午前中はダメでした。体育館のイベントに吸われて、お客さんがこなかったです」

「ほう？」

雲雀さんは何気ない様子で言った。

「それは赤字になった際の言い訳かな？」

「え……」

ふいに頬に、冷たい刃を添えられた気分になる。

……俺が金縛りに遭ったように動けなくなっていると、雲雀さんはフッと微笑んだ。

「いや、僕は怒ってるわけじゃないよ。ただ『本気で黒字を目指す』というアクセ販売会の趣旨を変更したのかな、と疑問に思っただけさ」

「そ、そんなことないです。俺たちの目標は、変わらず黒字化です」

しかし雲雀さんは首を傾げるばかりだ。

「なら、どうしてあんな欠陥だらけの販売会場で臨んでいるんだい？」

「け、欠陥だらけって……」

雲雀さんは口をへの字に曲げた。

「悠宇くんが制作したロープライスのアクセはよかった。しかし、さっきの日葵がデザインした販売会場は酷いものだった。あれじゃ、売る気がないように見えてもおかしくない」

その言葉に、俺はドキッとした。

図らずも今朝、同じようなことを城山さんが言っていたのだ。

『素っ気ないお洒落と、手を抜くことは違うッス』

俺は必死に否定した。

「売る気がないように見えるって、そんなことはないです！　あれはテーマを絞（しぼ）って……」

「お客さん全員が悠宇（ゆう）くんの頭の中を見れるというなら、きみの情熱も伝わる。しかし、そんなことは不可能だ。どれだけ真面目に取り組もうと、それを適切な方法で他人に伝えなければ意味はない」

「あのデザインが、適切じゃないっていうことですか……？」

　雲雀（ひばり）さんはうなずいた。

「まず、あのデザインは何を参考にしたんだい？　すべて日葵（ひまり）が直感的にやったようにも思えなかったが……」

「東京で参加した、天馬（てんま）くんたちの個展です。これ……」

　俺はスマホを立ち上げて、写真アプリを開いた。

　天馬（てんま）くんの個展で体験した、シンプルでモダンな空気感を取り入れた販売会（はんばいかい）。

　雲雀（ひばり）さんと咲姉（さくねえ）さんは一緒（いっしょ）に覗（のぞ）き込み、写真をスライドしていく。そして最後の一枚まで見終わると、雲雀（ひばり）さんは苦笑（くしょう）した。

「俺たちはこれを参考にして、テーマを『ＣＨＩＣ』に……え？　だ、ダメですか……？」

　雲雀（ひばり）さんがスマホを返して、額を指で押さえた。

「まず、日葵（ひまり）は大きなミスを犯（おか）している。販売会場も商品の一つであるという認識（にんしき）が足りないんだ」

「どういうことですか……？」

「悠宇くんたちは、この東京での個展が素敵なものだと感じた。なので、それを自分たちの販売会でもやりたいと思ったんだね？」

「そ、そうです……」

しかし雲雀さんは、それが根本的な問題なのだという。

「でもね。この個展と悠宇くんの販売会では、そもそも『コンセプト』が違うんじゃないか？」

「コンセプト？　だから同じような『ＣＨＩＣ』な……」

「いや、そういう意味じゃない。今のは僕の表現が悪かったね」

雲雀さんが言い直した。

「僕が言う『コンセプト』というのは、『主役は何か』という意味だ」

「主役……？」

「そう。この二つの販売会を比較して、それぞれの主役を言ってごらん？」

俺は考えた。

まず思いつくのは……。

「俺たちの販売会は、フラワーアクセです」

「じゃあ、この伊藤ペガサスくんの個展は？」

「そりゃ同じくアクセ……あっ！」

　その一言で、俺は自分の認識のミスに気づいた。

（そうだ。天馬くんたちの個展の主役はアクセじゃない……）


　あの個展のシステムを思い出した。

　アレはあくまで『ファンが天馬くんと触れ合うための空間』だった。あそこでのアクセサリーの購入は、その入場チケットのような立ち位置。

　コンセプトが違う。

　あの箱は、天馬くんを引き立てるために考えられたデザインだったのだ。

　都会の垢抜けた元アイドル。

　穏やかで優しく、大人びた美青年。

　天馬くんがあの箱に立っている瞬間こそが、最も映える箱だった。

　その証拠に、彼の主力商品であるシルバーの髑髏リングは、あの空間ではびっくりするくらい浮いていた。むしろ早苗さんの天然石をあしらったレザークラフトアクセや、俺の可憐なフラワーアクセのほうが空間にはマッチしていたように思う。

　そうだ。

あのシンプルで視界のよい配置、ムーディな曲、飾らない雰囲気。

それは天馬くんという唯一無二にして代えがたい高級品のための空間。


——対して、今回の俺のアクセ販売会は真逆のコンセプト。


本来は高級品であるフラワーアクセを、ロープライス品に改良して数を捌く。いわば今回の販売会は、カジュアルなアウトレットモールのようなものだ。

アウトレット店というのは、基本は『大量入荷・大量販売』。陳列棚の高さを活かした三次元的で密度の高いデザインによって、お客さんの気分を盛り上げるところから始まる。

それなのに配置が穴だらけで気取ったデザインをすれば、お客さんの中で「あれ？　ちょっと違うな？」とイメージの齟齬を引き起こすのは当然だった。

雲雀さんは割り箸の裏で、トントンとテーブルを叩いた。

「イベントの箱は生き物だ。コンセプトと100％マッチさせるのは難しいが、それでも今回の販売会場は最初から真逆を向いているように思う」

「でも、それはあくまでイメージの問題じゃ……。値札を大きくしたり、実際に商品の説明をすれば……」

「……そうだね。でも僕が指摘した点は、あくまで問題点の一つにすぎないんだ」

問題点の一つ？

つまり、もっと核心的な問題が潜んでいるのか？

しかしそれを聞こうとする間もなく、雲雀さんは結論を述べた。

「どちらにせよ、悠宇くんが黒字化を達成したいなら、あの販売会場は早急に調整する必要があると思う」

「でも、アレは日葵が一生懸命、考えてくれて……」

「…………」

なおも食い下がる俺に、雲雀さんは眉根を寄せる。

我関せずの態度で焼きそばを食べる咲姉さんへ、じろっと視線を向ける。

「咲良くん。悠宇くんに、何を言った？」

「……何も変なことは言ってないわ」

咲姉さんはハンカチで口元を拭いた。

白い布地に、うっすらと赤いルージュがついている。

「日葵ちゃんと恋人になった以上、何を優先すべきか考えなさい……と言ったの」

「…………」

一瞬、雲雀さんが苦々しげに唇を嚙む。

何かを言いかけ……でも、結局は穏やかに言うだけだった。

「……そうだね。きみのアドバイスも、確かに間違っていない」

雲雀さんが空になった焼きそばのパックを綺麗に畳んだ。……さすが日葵の兄、ゴミの片づけ一つにも育ちの良さがうかがえる。

「まあ、最終的には悠宇くんが決めることだ。ただ老婆心ながら、一つだけ忠告しておくよ」

そう言って、真正面から俺の瞳を見つめる。

「『結果から何かを学べばいい』という気持ちは大事だ。たとえ失敗したとしてもね。しかし経験というものは、すべてを出し切った後にしか自分の中に残らないのも事実だ」

「……っ！」

俺の脳裏を、東京の個展での経験が過る。

俺はすべてを出し切った。今の俺が持てるものを、すべて捧げた。

でも失敗した。その悔しい気持ちは、今も胸に焼き付いて残っている。

天馬くんの師匠にも言われた。

『最後まで足掻かないやつに、経験値なんぞ入るかアホタレ』

……それは真実だと思う。

だけど、俺は……。

「俺は、日葵のプロデュースには納得しています。日葵が一生懸命、考えてくれて……俺もこのデザインで黒字化が達成できると思っています」

「……なるほど」

雲雀さんは両腕を組んで、うんとうなずいた。

「それならいいんだよ。ただ僕には、悠宇くんが本気の本気で、この販売会のデザインに乗っていいるようには見えなかったんだ」

「え……」

俺の心臓が、どくんと跳ねる。

やめろ。動揺するな。俺は至極、冷静な顔を装った。

「そんなこと、ないです」

「…………」

雲雀さんと咲姉さんは視線を合わせると、小さくうなずいた。

「さて。それじゃあ、僕らも行こうかな。職員室で先生方に挨拶をしたいからね」

「あんた、ほんとそういうの好きよねえ。私は可愛い女の子がいる出店でも探してるわ」

そう言って二人は立ち上がる。

「それじゃあ、健闘を祈っているよ」

「あんた、ちゃんと日葵ちゃんにサービスしなさいよ」

雲雀さんと咲姉さんが校舎に向かっていった。その背中が見えなくなるまで、俺はテーブルに座っていた。

俺は手のひらで顔を覆って、一人でうなだれる。

（……じゃあ、どうすればいいって言うんだよ）

俺が日葵を大切に想う以上、夢より恋を優先すべきだ。

でも……。

『悠宇くんが本気の本気で、この販売会のデザインに乗っているようには見えなかったんだ』

……そうだよ。

正直に言うと、俺は乗っていない。

天馬くんの個展を参考にするっていう案は、俺も賛成だった。実際、雰囲気は似ていたと思う。日葵は自分で一から作るのは苦手だけど、何かを参考にして真似するのは得意だ。

それなのに完成した箱には、なぜか心がワクワクしなかった。

天馬くんの個展に足を踏み入れたときのような高揚感がなかった。でも、それを言葉にすることはできなかった。あんなに頑張って考えてくれたのに「なんかキモチワルイ」なんて言葉で否定するなんて、できなかった。

それなのに……。

城山さんが勝手に調整したデザインには、正直、胸が躍った。

確かに日葵が提案した『ＣＨＩＣ』の方向性とは違った。それでも、コレだと思った。その直感は、さっき雲雀さんたちが説明してくれた通りなんだと思う。

でも、今さら日葵の案を変えるなんて言えない。

それじゃあ黒字化が難しいというのも納得できる。一日めの午前中だけで5個しか売れないのに、２００個も売れるわけがない。

わからない。

俺は何が正しいのかわからない。

あんなに燃えていたはずの情熱の炎は――まるで花火の跡のように静かに消えていた。

悠宇がお兄ちゃんに連行されていった。
それを見送ると、アタシは小さなため息をついた。
（ハアー。アタシも行きたかったなー……）
また悠宇との二人きりは失敗。

まあ、誰か店番をしなきゃいけないのは事実だし？　この『地域交流プログラム』を受けた時点でお祭しではあるんだけどさー。

「〝you〟様、頑張りましょう！」

「……………」

お目めキラキラでアタシを見つめる芽依ちゃん。アタシの予定がすべて狂った元凶たる子を見つめて、アタシは手を伸ばし……。

めっちゃ頭ナデナデした！

「このこのー、愛いやつめーっ。そんなにアタシが好きかー？」

「はい！　大好きで尊敬してるッス！」

うっひゃあ！

いいね、いいね！　アタシという神に愛されし存在を、純粋な気持ちで崇め奉る少女！

最近、悠宇もえのっちも、ちょっとアタシの扱い雑すぎて忘れかけてたけど、これですよアタシの本来の立ち位置ってやつはさ！

ま、今のアタシは〝you〟の皮を被った邪神なんだけどね！

「芽依ちゃん。悠宇が帰ってくるまでに、アクセ完売させて驚かせてやろーね！」

「はい！　あたしも〝you〟様のために頑張るッス！」

いやー。ノリがよくて、アタシこの子好きだなー。

でも、そんな芽依ちゃんは、微笑みを崩さずに次の瞬間ぶっ放した。

「まあ、たぶん無理だと思いますけど！」

「………………」

もぎゃあ……っ！　まったくノーモーションで繰り出される言葉のアッパーが、アタシの顎に１ＨＩＴ!!

脳内でリングコート掴んじゃうと、天使ちゃんが白いタオルを持ってこようとする。……いや、まだだ。まだそのときじゃない。

アタシは平静を装いながら、アハハと笑った。

「な、なんで無理なの？」

「え？」

芽依ちゃんは販売会場をぐるっと一瞥して……。

「こんなダサいお店、お客さんが入ってくるわけないッス。そもそも売る段階までたどり着かないと思います」

「………………」

もぎゃぎゃあ……っ!?

い、いかん。あまりにギラついた言葉の刃に、ついウルトラマンの怪人みたいな鳴き声出そうになっちゃった。いやいやゴシックドレスの美少女は、ひっくり返ってジタバタしませんわよオホホ。

「え、えっと……」

ハッとした。

この販売会場の内装で揉めそうになったときのことを思い出す。

「そういえば、さっきも芽依ちゃん……『ダサい』って言ったよね？」

芽依ちゃんは、はっきりと肯定した。

「はいッス！」

「………」

この子、忖度するってこと知らないんだろうなー。

いや、その点は清々しいし、アタシも好きだよ？　それに芽依ちゃん、この販売会場は悠宇が作ったたって思ってるんだもんね？　……これ、アタシが考えたやつって知られたらどうすればいいんだろ。

頑張って平静を装っていると、今度は芽依ちゃんが気まずそうに聞いてきた。

「〝you〟様。悠宇センパイって本当にカレシさんなんですよね？　名前も悠宇センパイから取ってるっぽいし……」

「え？　あ、うん。一応……」

あれ？

なんか自信ない返事になっちゃったぞ？

いかん、心が負けかけてる。いつだって謎の自信と可愛さを武器に笑い飛ばしてやるのがアタシってもんですよ。アタシ、ファイト！（自分のほっぺたペチンッ！）

アハハと笑いかけると、芽依ちゃんがじとーっとした顔で見つめ返してくる。

うっ、いかん……っ。

「め、芽依ちゃんはカレシとかいるのかなー？　可愛いし、すごくモテるんじゃない？」

「…………」

慌てて繰り出したアタシの小粋なトーク、明らかにスベっちゃったぞ☆

芽依ちゃんはアタシの質問を華麗にスルーして、独り言のようにこぼした。

「やめたほうがいいと思います」

「な、何が？」

「悠宇センパイにアクセ関連の仕事を任せるの」

アタシはぎょっとして聞き返した。

「どうしてそう思うのかなー？」

「だって空間づくりのセンスないッス」

「で、でもでも、悠宇は優しいし、ちゃんと仕事も一生懸命だよ？」

アタシが慌ててフォローするけど、芽依ちゃんはしれっとしていた。

「優しくて一生懸命だからって、向いてない人と無理に仕事するのはおかしいと思います。いい恋人がいい仕事仲間になるわけじゃないッス」

「…………」

あっ……。

ダメだって思った。その一言で悟ったのだ。

人には、目に見えない魅力がある。

（——この子は、アタシより格上だ）

それが何なのかっていうと……たぶん経験値ってものだと思う。その経験値から形成される人格、言動……それらが人間の魅力っていうものなんだろう。

芽依ちゃんは、自分の考えに迷いがない。かといって、ただ子どもがイキってるわけでもない。発言はすごく的を射ている。

その証拠に、アタシは何も言い返す言葉が見つからない。

この〝you〟を慕う子どもっぽさと、妙に大人びた視点とセンス……その正体が気になった。

「芽依ちゃん、まだ中学生だよね？　どうして、そんなに販売に詳しいの……？」

すると芽依ちゃん、待ってましたとばかりに胸を張って答える。

「お姉の店の手伝いしてるッス！」

「お姉さんのお店……？」

ふと中学のとき、楽しくお話しした芽依ちゃんのお姉さんが思い浮かぶ。新木先生の生花教室の生徒さんだっけ？

芽依ちゃんはスマホを開いて、とあるブログを見せた。

「〝you〟様、見てください！」

町中にある雑貨屋さん。

アジアンテイストの小物を取り扱うお店で、外観も内装もすごく素敵だ。

一見、ものすごく雑多なイメージ。でも、よく見ればなんというか……感覚的な調和を感じる。色合いというか、ムードというか。エスニックでムーディな音楽とか流れて、お香のいい香りがしてそう……そんなイメージができてしまう。

（あっ、そうだ。あのお姉さん、仕事で雑貨屋さんしてるって言ってた！）

芽依ちゃんは目をキラキラさせながら、ぐいぐいスマホを押し付けてくる。

「あたし、将来は〝you〟様のお手伝いするために、お姉の店で修業してます。あ、見てください。この去年のハロウィンのときのイベント装飾、あたしがやったんです。可愛くないですか⁉」

「あ、うん。すごく素敵だね……？」

めっちゃぐいぐいくる～っ！

スマホを押し戻しながら、アタシは芽依ちゃんを落ち着かせる。

でも謎が解けた。

この子、やっぱりアタシより販売の経験値高い……っ！

しかも根拠のある自信。実績で殴ってくる天然型ほど厄介な存在はいない。

でも、まずは何より――。

（アタシの周囲、自営業多すぎか……っ！）

つい心の中でツッコみながら、ドンッとテーブルを叩いた。

芽依ちゃんがビクッとして、戸惑い気味に聞いてくる。

「あ、あたし何か変なことしました……？」

「あーっ！　いやいや、そんなことないよーっ！　芽依ちゃんは可愛い！　大丈夫！」

芽依ちゃんが「ほんとですか？」ってちょっと嬉しそうにする。

うーん。このピュアさ。アタシが失ったものを見せつけられてるみたいで何か苦手かもしれない。すごく可愛いんだけどね……。

「〝you〟様はすごいフラワーアクセを作れて、モデルもやれるスーパークリエイターなんです。それなのに恋人だからってダメな仕事仲間の面倒まで見ることないッス」

「で、でも、そういうわけにはいかないじゃん？　その……悠宇も仲間外れは可哀想だと思わない？」

でも芽依ちゃんは、不思議そうに首を傾げるだけだった。

「……？　恋人は恋人、仕事仲間は仕事仲間で分ければいいッス。別れるわけじゃないし、簡単だと思いますけど……」

あっ……。

その言葉は、静かにアタシの核心に触れるような気がした。

才能がないやつが無理に加わっても、絶対にいい結果にはならない。たとえ先を見据えて頑張ったとしても……自分がようやく使いものになったとき、悠宇はどこまで先に進んでいるんだろう。

アタシが何も言えずに黙っていると、ふと入口のほうから別の女の子の声がした。

「……ひーちゃん。どうしたの？」

あ、えのっち……。

アタシは何食わぬ顔をして、そっちに歩いていった。

「えのっち。オムライス店のほうは？」

「交代したから、こっち来たんだけど……」

うわー。さすがえのっち。

このゴシックドレスで調理してたのに、ほんとに汚れ一つ付いてないし。

「あのさ。ちょっと聞きたいことあるんだけど……」

「どうしたの？」

芽依ちゃんを店番に置き、アタシはえのっちと廊下に出た。

周囲はすでにお昼ご飯を終えた生徒たちが増えて、いい感じに賑わっている。二つ向こうの展示では、わいわいと人だかりもできていた。

……でも、うちの販売会には誰も入らない。さっきから覗く人はいるんだけど、みんな微妙な顔で別のところに行ってしまう。

アタシは神妙な顔で白状する。

「……アクセが売れないの」

「うん」

「……芽依ちゃんに『販売会場のデザインがダサいからお客さん来ない』って言われたの」

「………………うん」

えのっちが視線を逸らしながら、ものすごーく気まずそうに肯定した。

アタシはその肩を摑んで、ガックンガックン揺すった！

「どこが⁉　ねえ、どこがダサいの⁉」

「ひーちゃん。酔っちゃうからやめて……」

えのっちは面倒くさそうに揺すられて……うわ、身体を揺するたびにおっぱいも上下に跳ねてる。何コレ面白っ。

アタシが変なドキドキ感にハマりそうになっていると、えのっちはうんざりしたように言った。

「うーん。どこがダサいっていうか……」

そして販売会場を一瞥して……。

「だって教室じゃん」

「教室ですけど!?　むしろ、それ以外の何に見えるの!?」

てか学校なんだから、教室以外の空間のほうが少なくない？

アタシが「なんだそれ新手のトンチか!?」って頭をひねっていると、えのっちはゆっくり首を振った。

「どんなに気取って見せたところで、結局は教室なんだよね……ってこと」

「あ……」

その意味を、アタシは瞬間的に察した。

教室だ。確かにここは空き教室を間借りしてるんだ。

どんな世界的名画を飾ってみたところで、ここがルーブル美術館になるわけじゃない。絵画が飾ってあるところ以外は、田舎の高校の教室。黒板があって、窓の外には遠く山々が連なって、掃除用具入れがある。

「そもそも学校の文化祭でやる以上、どう転んだってお洒落になりっこない。それだけのことだと思う」

「…………」

アタシはがくーっと頭を抱えた。

脳裏を過る、二か月前の悠宇との会話の数々。

『まず、今回の販売会のテーマは『シック』だよ』

『もしかして、天馬くんの個展のイメージ？』

『ぷはは。さすが悠宇、わかっちゃうよなーっ』

『花言葉は『飾らない美しさ』だ。今回のコンセプトにぴったりだろ』

『おおっ！　さっすが悠宇！　アタシの運命共同体！』

……え、でも待って？

このプラン、えのっちも知ってたよね？

アタシの黒歴史確定の自慢話を、しれっとスルーしてたよね？

どさくさに紛れてえのっちのバストをビシバシ張り手しながら、アタシはうわーんと泣きついた。

「な、なんで言ってくれなかったのぉ～」

「言っても聞きっこないじゃん」

そうですけどぉ～っ！

確かにド正論なんですけどぉ～っ！

でもね、女の子は弱ってるときに正論を聞きたくないの～っ！「うんうん」「困っちゃったね」「でも日葵ちゃんは可愛いから許す！」って共感してほしいだけなの～っ！

アタシが「うっうっ……」と泣いていると、えのっちがため息をつく。

「別にいいじゃん。今回の販売会って、ゆーくんが経験値を得るのが目標なんでしょ？」

「でも、それはあくまで黒字化が前提で……」

「それは諦めたほうがいいよ。たぶん今回の販売会じゃ両立できるものじゃないし」

「え……」

まるで悠宇を突き放すような言い方だった。

えのっちにしては珍しい。アタシが呆然としていると、えのっちは「あっ」と言ってスマホを見た。

「ゴメン。オムライス店、お客さん増えたって。すぐ戻るから」

「あ、うん。こっちは大丈夫……」

えのっちの背中を見送った。

あのゴシックドレス……もはやオムライス店の衣装みたいになっちゃってる。

(……アタシはどうすればいいんだろ)

誰もアタシのプロデュースなんて望んでなくて。

うまいことトークで役に立とうと思っても、そもそもお客さんがこないんじゃ意味ないし。

アタシ、何のためにここにいるんだろ……?

Ⅳ

〝あなた次第〟

雲雀さんたちと別れて、販売会場に戻った。

そして開口一番、城山さんに言われたのは――。

「悠宇センパイ、焼きそば臭いッス！」

焼きそば臭いですけども？

そりゃそうだよ。こちとら7人前の焼きそば持ってんだぞ。

「販売会場に入っちゃダメッス！　〝you〟様のアクセに焼きそばの匂い移りますーっ！」

「ご、ゴメン。そうだよね……」

しかしこの場では、俺はただの下働き。

背中を押されて廊下に追い出されながら、しくしく泣いた。いや待てよ。焼きそばフレーバ

ーアクセって何それ売れ……ねえな。うん、一時の気の迷いだったわ。

とりあえず話を聞けば、日葵たちもお腹は減っているとのこと。

俺が店番を交代して、二人は外で焼きそばを食べてくることになった。そんなに大量にどうすんだよって思ったけど、まあ、日葵だしな。持ち前のコミュ力で配ってくるだろ。

（さて……）

俺は改めて、販売会場を確認した。

いや、確認するまでもない。

雲雀さんの指摘は正しい。

この広い空き教室に、ぽつんと置かれた三台の長机。お洒落を気取って装飾物を少なくした結果、お客さんからすれば「売る気がない」と思われてもおかしくない状態。

一日めの昼過ぎになっても、お客さんは少ない。

周囲に認知されていないわけじゃないと思う。実際、覗きにくる生徒はいる。ただ、この空間を見て、足を踏み入れるまでの興味が引けない。

井上＆横山コンビや雲雀さんが広告塔になってくれている……とはいえ、そんなにすぐに効果が出るわけじゃない。

この現状が、日葵と考えた『ＣＨＩＣ』の現実。

（今回の販売会のホストは俺だ。この先の運営の指針を決めるのも俺……）

販売会場の空間づくりに穴がある。

しかも原因は明確だ。その上で改善のためのアンサーもある。

（城山さんの布アクセを使用したデザインにすれば、かなり場は活気づくはず）

教室の隅に置いた3つのキャリーケース。

あれほどの準備……しかも今日が初対面だぞ？　あんなの一朝一夕で揃えられるものじゃない。

こちらの用意した箱の面積が不明だから、とにかく学校の教室を埋められる量を目指したんだろう。〝you〟の弟子になりたい……というのがどれほど本気なのかはわからないけど、情熱は間違いなく本物だ。

少なくとも「初対面の子の好き勝手にするのは……」なんて感情論で否定するのは逆に不義理だと思う。

（でも、こっちだってほいほいと乗れるような状況じゃない……）

日葵が初めて、一人でプロデュースした販売会。

俺のために考えてくれたデザインだ。

それを無下にして、あっさり新入りの中学生の内装案を採用したら……。

「くそう。お腹、痛い……」

焼きそば食べすぎたか？　あるいは食中毒？　……真木島の管理する屋台でそれはねえだろ

うなあ。単に俺のメンタルが弱すぎるってだけだ。

「こんなとき、誰に相談すればいいんだ……？」

俺がうーんと唸っていると、販売会場にやってきた人がいる。

「ゆーくん。どうしたの？」

「あ、榎本さん……」

オムライス屋さんの手伝いを終えた榎本さんだった。……相変わらず、ゴシックドレスには汚れ一つ付いていない。

そういえば、ここには日葵も城山さんもいない。

俺は思い切って聞いてみた。

「あのさ、榎本さん。この販売会場……正直、どう思う？」

「…………」

「ああっ！　やっぱ言わなくていい！　その表情だけでわかった！」

なんて気まずそうな顔をするんだ榎本さん！

あんな顔をさせてしまう自分に絶望すら感じてしまう。せっかくのゴシックドレスも台無しだ。

「やっぱり城山さんの内装案にしたほうがいいのかなあ」

「あ、それで悩んでたの？」

「うん。でも、まだ一日めの昼過ぎだからなあ」

「まあ、わたしのも個人の感想と言ってしまえばそうだよね。結局は絶対の正解なんてわかんないし……」

榎本さんが「あっ」と言った。

「じゃあ、慣れてる人に話を聞いてみたら？」

「え？」

慣れてる人？

誰だと思っていると、榎本さんがスマホで誰かに電話をかける。

なんかもにょもにょと話していたら、スマホを俺に渡した。

「はい」

「え？　あ、はい……」

スマホに耳を当てた。

『やあ、夏目くん。元気？』

「あっ！　天馬くん!?」

その声に驚いた。

伊藤天馬くん。

俺が東京で知り合ったアクセクリエイターの一人だ。

穏やかで優しくてカッコイイ一個上のお兄さん。紅葉さんの支援で活動しているらしいけど、性格面では相性よさそうに見えないよなあ。

『今、凛音さんから電話もらって驚いたよ。夏休みから元気してた？』

「す、すごく元気！　電話ありがと！」

夏休みから二か月くらい経ってるのに、たった一言で心の距離がぐっと近づく感じがする。

やっぱり天馬くん、人を絆す才能みたいなの持ってるよなあ。

『アハハ。そんなに大層なことじゃないよ。それに僕も今、ちょっと誰かと話して気を紛らわせたかったんだ』

「そうなの？　何かあった？」

『今、文化祭の準備で学校にきてるんだよ。これがクラスで意見が割れて、討論してるうちにみんなヘトヘトになっちゃってさ』

マジか、すごいシンクロだ。

……でも確かに、この時期って文化祭多いイメージだよな。天馬くんの高校生活とか、ちょっと想像できないけど。

「あっ。それで何があったの？」

『バニー喫茶をするか執事喫茶をするかで、男女で対立が……』

「それは、さすがに女子が可哀想なんじゃ……？」

『いや女子のほうが、男子にバニーの格好させるって息巻いてるんだよね。執事喫茶のほうは、男子側が男装女子を見たいって駄々こねてる感じだよ』

「普通は逆では……？」

都会って怖かー。

俺が田舎もん丸出しのビビり方してると、天馬くんが朗らかに笑う。

『うちの学校、けっこう芸能人が通ってるからね。ちょっとセンスが常人離れしてる人が多いんだよ。僕も正直、逆のほうがいいかなーって思ってるんだけどね』

「そ、そうだよね。男子的にはね……」

なるほど、その手があった。

日葵と榎本さんがバニーコスで売り子。それならアクセの売上で学校ごと買えそう……って

アホか。やめろ。想像すんな俺。

と、とりあえず……。

「この土日、うちも文化祭なんだよ」

『そうだったの!? うわあ、行きたかったなあ！ 言ってくれればよかったのに！』

「ご、ゴメン。てか、天馬くんはこれないでしょ……」

『夏目くんのためだったら、全然、行くよー』

うーん、すごく心が温かくなるなあ。

本気じゃないだろうけど、天馬くんに言われると励みになる。すごく嬉しい。

『そういえば何か相談があるんだったね。どうしたの？　文化祭のこと？』

「あ、うん。実は今、アクセの販売会しててさ。それを成功させるために、ロープライスのアクセを作ったんだけど……」

かくかくしかじか。

俺が大まかに説明すると、天馬くんは「じゃあ、とりあえずその販売会場を見せて」と言った。

俺はスマホをカメラモードに切り替えて、入口から映してみる。

「こ、こんな感じ……」

すると天馬くんが唸った。

『…………あ〜』

うわ、言葉もないって感じ！

めっちゃ恥ずかしい！

「やっぱり忘れて……ゴメン……死にます……」

『ちょ、ちょっと待った！　大丈夫、誰でも最初はこんなものだよ！』

慌ててフォローしてくれながら、天馬くんが「うーん……」と考え込む。

やっぱこのレベルだと何もアドバイスできないよなあ、とか思っていると、天馬くんから意外にもすぐ返事があった。

『気を悪くしないで聞いてほしいんだけど……アクセの品質を追求することと、販売会を成功させる努力は、まったく別ベクトルの勝負だと思うんだ』

「え？　どういうこと……？」

アクセの販売会なのに、その二つは別ベクトルの勝負？

『これもやっぱり師匠の持論なんだけどね。アクセの販売会が成功するか失敗するかっていうのは……結局のところ、運で決まるんじゃないかなって言ってるよ。僕もまあ、それには納得してる』

「運……」

身も蓋もなさすぎる言葉だった。

「つまり……究極的に言えば、いくらアクセの品質を磨いても販売会の成否には無関係ってこと？」

『誤解を恐れずに言うなら、その解釈で合っているかな』

「じゃあ天馬くんや師匠としては、俺たちのアクセへの努力は何なの？」

『最後に決まる運の成功率を上げるための行為……だね』

また聞き慣れない言葉だと思った。

『まったく努力なしの状態が成功率１％としよう。でも、アクセと販売会場をマッチさせることで、それが成功率30%になる。夏目くんは、どっちの手段で販売会に臨む?』

「そりゃ、成功率30%のほうかな」

『そうだよね? でも、たとえ成功率90%まで引き上げて臨んだとしても、残りの10%で失敗することもある。それが販売会なんだよ。努力不足とかじゃなくて、そもそもそういうものなんだ』

……想像する。

たとえば天馬くんは、アクセの売上を伸ばすために、自分のファンの人たちへ絶えずアピールを続けている。

その流れで、彼は販売会を告知する。もちろん、彼の人柄に惚れたファンたちは日程を空けて参加するだろう。これが現在の、天馬くんの販売会を黒字にするための必勝パターンだ。

でも運悪く、その日は記録的な豪雨に見舞われる。

交通機関が機能しない都心で、ファンが集まるのは難しい。

でも天馬くんは、箱の料金を払わなくてはいけない。そうなれば、事前にどれだけ黒字が見込めても意味がないのだ。

『つまり何が言いたいのかっていうと、内装一つの要素だけで成否が分かれるということは絶対にない、ってこと。もし空間づくりに不足があるなら……その上で、その内装じゃなきゃダメな状況だったら、他の部分で成功率を上げていけばいい』

それをおまえは東京で学んだはずだろう、と暗に言い含められている気がする。

……確かにそうだ。販売会場の内装がすべてを決めるというなら、あのとき一緒に個展に参加した早苗さんが黒字を出すことは絶対にできなかったはずだ。

（そうだ。俺には、まだやれることがあるはずだ……）

むしろこの状況は、俺のレベルアップに都合がいいと考えろ。

この状況は、東京での個展に近い。俺にとってアウェーな状況で黒字にできれば……それは最高に格好いいはずだ。

俺は自分の頬を軽く叩いた。

「……ありがと。目が覚めた気がする」

『どういたしまして。できれば次からは、販売会の前に相談してね』

それは本当にごめんなさい。

さっそく次の手段に取り掛からなきゃ……と、天馬くんとの通話を終えた。

スマホを榎本さんに返した。

「ゆーくん。すっきりした？」

「……うん。そうだよな。俺は販売会場の空間づくりばかりに気を取られて、視界が狭くなってたみたいだ」

この販売会で目指すのは、いい販売会場を作ることじゃない。

最終的に黒字にすることだ。

「榎本さん、ありがとね」

「いいよ。友だちだし」

……今の通話の間、もちろんお客さんは0だ。

一日めの午後の部。

しっかり考えて行こう。

♣♣♣

日葵と城山さんが戻ってきたのは、それから1時間ほど経ってからだった。

日葵がゴシックドレスの裾を揺らしながら、ご機嫌そうに寄ってくる。

「ゆっう〜。可愛いアタシが戻ってきたぞー。出迎え……あれ？」

俺の手元を覗き込んで、日葵が小首をかしげる。

俺はA4サイズの紙に、この販売会のことを書いているのだ。できるだけ目立つように、フラワーアクセのこと、この会場の場所……と。

城山さんも不思議そうにしていた。

「悠宇センパイ。ビラ禁止では？」

「うん。だから、これは移動販売のボックスに貼る案内書」

「移動販売のボックス？」

城山さんは首を捻っていたが、日葵のほうが思い当たったようだ。

「あー。悠宇が中学のときの文化祭でやってたやつかー」

俺と日葵が初めて出会った中学の文化祭。

あのとき、俺はあまりにお客さんがこなくて、アクセサリーボックスにアクセを詰めて移動販売に出ていた。

その間に日葵が店番してくれて、城山さんに誤解を与えちゃったわけだが。

日葵は合点がいった様子でブンブン腕を振る。

「なるほどなーっ！　待ってもこないなら、こっちから出向いてやろうって感じ？」

「そういうことだ」

なんて無邪気なんだ。ゴシックドレスも相まって、お転婆貴族令嬢って感じ。美少女は何やっても可愛いから困るよな。

「よーし。この移動販売で反撃の狼煙だねー。悠宇の……あ、アタシのアクセは最高なんだし、これでバンバン売っちゃおーっ！」

「いや、バンバン売れないと思う」

日葵がずっこけそうになった。

「ええっ⁉　その弱気はなんだし⁉」

「弱気というか、単純にそうだろうなってだけ……」

「じゃあ、何のためにやるッス？」

「この文化祭で、俺たちにとっての潜在的なクライアントを見つける」

　この移動販売は、あくまでこっちの販売会場にお客さんを誘導する導線だ。

　移動販売でアクセを売り歩き、このアクセ販売会を周知させる。そもそも井上&横山コンビに協力をお願いしてるのも、そのための手段の一つだ。

　目的のためには、人手が多いほうがいい。

　中学の文化祭だって、決して紅葉さんのTwitterだけで完売できたわけじゃない。それをきっかけに集まった女子大生のお姉さんたちが広告塔の役割を担っていたんだ。

　あの状況を、俺たちだけで作り出す。

　そのための初手が移動販売だ。すでに榎本さんも一台持って外回りしてくれてるし、こっちも急いで準備しないと……。

「〝you〟のインスタでも告知したし……いや、まあ、正直、大きな効果があるとは思えないけど。とにかく、やれることは何でもやる。販売会場以外にも、お客さんがこない理由はあるはずだ」

　アクセサリーボックスのほうは、元々、科学室に常備していたものを利用。それに今回のロープライスアクセを詰めて、移動販売の準備を完了する。

「じゃあ、俺が行って……」

と、日葵がアクセサリーボックスを反対側から摑んだ。

「アタシがやる！」

「え、日葵が？」

「悠宇より、アタシのほうが向いてると思うし。それに悠宇がこっちにいたほうが都合がいいことあるよね？」

……確かに、この販売会のホストは俺だ。

それにアクセに関するトラブルがあったとき、日葵じゃ対処できない可能性がある。

「そうだな。日葵に頼む」

実際、〝you〟のモデルは日葵だ。

アクセを売り歩くというのなら、俺よりも適任のはず。

「よーし。それじゃあ、行ってくるねーっ」

日葵は意気込んで、販売会場を出て行った。

「よし。俺も頑張って……ん？」

城山さんがしくしく泣いていた。

「〝you〟様、どっか行っちゃったッス……」

なんか、うん……。

俺と一緒で本当にゴメンね。

♣♣♣

日葵たちが移動販売に向かってから、少しだけお客さんが入るようになった。

運動部の一年生……たぶん井上&横山コンビの宣伝が効いてきたんだろう。これは嬉しい誤算だ。

俺のやるべきことは、この機会に確実に売上を伸ばすことだ。

その女子生徒が、ポーチュラカの指輪を見ている。俺は紙コップにオレンジジュースを注いで、さりげなく「どうぞ」と手渡した。

すると女子生徒が、その指輪について尋ねる。

「このアクセの花って、なんですか?」

えーっと。

受け答えはＣＨＩＣな執事っぽく……。

「それはポーチュラカです。和名だとハナスベリヒユといいます」

「ハナスベリヒユ?」

「花の部分は松葉牡丹に似て、茎の部分はスベリヒユに似てるので、合体してそう呼ばれています。くっきりした色合いの花で、青空に映えますよね」

「へえ。花言葉とかあるんですか？」

「花言葉は『いつも元気』『自然を愛する』っていう感じで、きみのような明るい雰囲気の女の子にぴったりですよ」

その女子が、ちょっと照れた感じではにかんだ。

「じゃ、じゃあ、買おうかな……」

よっしゃ。

次にやることは展示のアクセを補充。そして、他にも声を掛けたそうにしているお客さんはいないか探す。

（……ん？）

ふと俺のアクセへの強い視線を感じた。

（誰だ？　どこにいる？）

現在、この販売会には3組のお客さんがいる。

闇雲に声をかけるのはよくない。自分の世界の中で完結したいお客さんだっている。たとえばアパレルショップでも、店員から声をかけられたくない人は少数ではないはずだ。そういうお客さんは、声をかけただけで気分を害して帰ってしまう可能性が高い。

ただでさえ、午前中は散々だった。せっかくこの販売会場に足を踏み入れてくれたお客さんを、悪戯に手放すわけにはいかない。

俺は再び集中する。

男女ペアの生徒が、楽しげにアクセを見ていた。

（……あれ？）

よく見れば、女子のほうが男子にアクセを合わせている。

ちょっと予想外の光景だ。俺のアクセは、基本的に女性向けでデザインしているし。

（いや、待てよ……？）

ある可能性に至る。

そしてさりげなく観察すれば、ちらちらと俺のほうを見ているような気もする。たぶん、何かを聞きたいのだ。でも、それはちょっと言いづらい。なぜなら、ここにあるアクセは基本的に女性向けだ。

俺は再びドリンクを渡すことを口実に、その男女に声をかけた。

「もしかして、男性用のアクセを探してますか？」

一瞬、びくっとした男女が、慌ててこっちを見る。

二人にドリンクを渡すと、少しだけ躊躇しながら予想通りのことを言われた。

「は、はい。さっきカッコイイ男の人が、花のアクセを着けていて……」

やっぱり雲雀さんを見たのか。

俺はさりげなく深呼吸して、できるだけ穏やかな笑顔で話した。大事なのは、相手の望む情報を端的に提示すること。

「男性用にデザインしたアクセはありません。ただ、こちらの……」

俺がアクセに込めた花言葉とかは、今は必要ない。自重。

そう言って、キキョウのイヤリングを手にのせて見せた。

雲雀さんが着けていた月下美人に比べると小さめだけど、十分に存在感のある花だ。それにキキョウは、可憐というよりは格好いい花ともいえる。心なしか、男子のほうの興味が強くなったような気がした。

……よし、もうひと押し。

「こういうユニセックスなデザインのアクセもすごく人気があります。男の人でも似合うと思います」

「そ、そうなんですか……？」

「はい。ペアアクセのように同じものを二人で身に着けるのもオススメですし、一セットをシェアするのもいいかもしれません」

「シェアする……？」

あ、喰いついた。

なるほど、アクセをシェアするという発想はなかったか。まあ、女性同士ならありそうだけど、男女ではあまり機会はないかもしれないな。

よし、この部分を推していこう。

最高のスマイルを浮かべた。イメージは天馬くん……頑張れ、俺の表情筋！

「花のアクセは生きていて、経過年数によって色合いに変化が出ます。だからこそ二人で頻繁に使ってもらえると嬉しいです。今だけの美しさがあるのに、アクセサリーボックスに眠ってるのは勿体ないし」

さりげなく……言葉にせずに伝えた『二人で1個買えばいい』という利点。

コスパがよいという部分を察すれば、さらに購入までのハードルは下がる。それはしっかりと伝わったようで……二人は照れた様子で「じゃあ」とイヤリングを差し出してきた。

(よし。さらに1個売れた！)

心の中でガッツポーズを決める。

俺は受け取った展示のイヤリングに目を落とし……。

「そうだ。展示のものじゃなくて、在庫の同じ商品にしますか？」

「あ、それなら、そっちの在庫でお願いします」

在庫の段ボールから取り出した同じ花のイヤリングを紙袋に入れて、二人に渡した。嬉しそうに受け取ってくれる。

……よし、問題なし。大切に使ってもらうんだぞ。心の中で泣きながら、また一人、俺の分身たるアクセを送り出した。

そのカップルが廊下に出ると「ほんとのお店みたいだったねー」って声が聞こえた。

……うーん。それは喜んでいいのか、あるいはやっぱり販売会場の空間づくりが合ってないという戒めとして捉えればいいのか。

(おっと、早く次の行動に移らないと……)

俺は展示用のイヤリングを、再び長机に並べた。

そしてすぐに、その場から離れる。城山さんの隣に座ると、彼女が袖を引いてきて小声で言った。

「悠宇センパイ、悠宇センパイ!」

「ん? どうしたの?」

城山さんには、会計の仕事をお願いししている。

日葵に聞くとやはり販売業の経験者だったらしく、作業も的確でスムーズだ。

「なんでシェアなんて言ったんです?」

「高校生相手だし、その『もう1個』が命運を分けることもあるからね。無理に売ろうとしても、逆効果になるかもしれない」

「でもペアアクセだって言えば、もう1個売れたかもしれないのに……」

「その補塡は、これから取れる……と思う」

城山さんが「どういうこと？」と小首をかしげた。

俺は曖昧に笑うだけだった。でも、すでに兆候はある。さっき売れたアクセの売上を帳簿へ記入しながら様子を窺っていると……別の女子生徒が同じイヤリングを見ていた。

……ただし、このお客さんへは声をかけない。たぶんだけど、この女子生徒は声をかけられるのを嫌うタイプだと思う。アクセに近づくとき、こっちを警戒してる感じあったし。

……と、それほど時間がかからず、その子がアクセを持って城山さんへ差し出した。

「これ、ください……」

「え。あ、はい！」

城山さんは少し驚いた様子で、それを紙袋に入れた。

会計のほうは無事に済んだ。

イヤリングは無事『2個』売れた。言ってすぐの結果だったからか、城山さんが目を丸くしていた。

「もしかして、あの人が買うってわかってたんですか？」

「まあ、なんとなくだけど……」

俺がさっき感じた、アクセへの強い視線。

それは最初の男女ではなく、二番めに買った女子生徒のものだった。いや実際のところ、それに気づいたのは、先の男女の対応を始めたときだ。

『あ、売れちゃう……大丈夫かな……』

そんな声が聞こえるような、焦ったような視線。

あの展示のイヤリングも、そっちの女子生徒のほうを気に入っているような気がした。いやまあ、それもあくまで、俺の直感だけど。

……でも結果として、それは当たっていた。

この成果は、早苗さんのおかげだ。

あの東京での個展の二日め。

俺は彼女から色んな販売会でのエピソードを聞いた。

彼女の販売における体験談の引き出しの多さは凄まじかった。今の一連の行動も、その体験談に似たようなものがあったのが最後の決め手だった。さすがは販売会を渡り歩く傭兵クリエイターだ。

と、城山さんが「へー」って感じで俺をしげしげ見回している。

「どうしたの？」

「いえ！　悠宇センパイ、けっこうやるんだなって思ったッス！　花のことも詳しかったし、ただの〝you〟様のヒモじゃなかったんですね！　見直しました！」

「そ、そりゃどうも……」

それでも俺が〝you〟だとは気づかないんだな。

それだけ日葵への憧れが強い証拠だけど。

「城山さんも、遠慮せずに声かけてね」

「はいッス！」

城山さんは意気込むと、制服の上から象の着ぐるみを被……ちょーっ！

「や、やっぱり会計だけお願い……」

「ええ～……」

だからコンセプトは『ＣＨＩＣ』なんだってば！

着ぐるみは訴求力ありそうだけど、さすがにびっくりさせそうだ。会計だけでも任せられると非常に助かる。

（……見直してくれた、か）

そういえば俺、初対面の人怖いはずだったのになあ。

東京の個展での記憶が蘇る。

正直、アレに比べれば全然マシっていうか。ここのお客さんは、少なくとも俺のフラワーアクセに興味を持っている人たちだ。東京の個展で、天馬くんのファンに声かけするよりもハードルが低いのは確かだろう。

(あの経験は、決して無駄じゃなかった……)

それからも何度かお客さんには声をかけた。

成果は……上々、と言いたいところだけど。買ってもらえる割合は多いんだけど、やっぱりお客さん自体がそれほど多くないのが痛い。日葵も頑張ってくれているけど、それほど爆発的な向上は見られない。

この販売会場の場所が、それほど恵まれていないのも事実。

大半のお客さんは、メインステージのある体育館か、飲食店が軒を並べるグラウンドに集まる。

こっちの特別教室棟は文化部の展示がメインだし、何かしら目的がなければ近寄らない。

(実際、やってみないと見えてこないものはあるんだな……)

午後3時を回った。

今日の文化祭の終了は午後5時。

それまで、あと2時間を切っていた。

お客さんが途切れたタイミングで、俺は帳簿と睨めっこしていた。それを城山さんが覗き込んでくる。

「それ何ですか？」

「今日の販売目標と、実績の照会」

城山さんは「あー」と言いながら数値を見比べた。そして渋い顔で眉根を寄せる。

「……目標の半分もいってないッス」

「……っすね」

これは参った。

明日は日曜日だから、今日より全体のお客さんは増えるかもしれない。それでも、ここまでの負債をカバーできるとも思えない。

「最初の中学の文化祭の再来かあ……」

「中学の文化祭？」

「ああ……俺と日葵が、初めて一緒にアクセを売ったときの話だよ」

俺がアクセクリエイターを目指す条件として、両親から『アクセ100個完売』っていう課題を与えられていた。

俺一人じゃ達成できなかった。日葵がいてくれたからこそ、今の俺があるんだよな。

……そうだ。中学の文化祭といえば。

「城山さんは、中学の文化祭で日葵……〝you〟のアクセを知ったんだよね？」

「そうですけど……」

「どうしてそんなに〝you〟が好きなのかなって思ってさ。いや、『地域交流プログラム』を使ってまで弟子になりたいって来たのが意外で……」

「…………」

城山さんは特に大きなリアクションもなく、いたって普通の感じで言った。

「だって〝you〟様、カッコイイッス」

「カッコイイ？」

城山さんがうなずいた。

「カッコイイって、アクセのこと？」

「違いますよ。〝you〟様って、すごく自由に生きてる感じするッス」

「自由？」

「えーと……」

城山さんは少し照れたように、両手の人差し指を合わせている。

「あたし、実は小学校の頃にいじめられてて……」

「え……」

思ったより重いのきた！

俺はつい身構えた。それを察した城山さんが、バタバタと両手を振る。

「あ、アハハ！　そんな大したもんじゃないッス！　昼休みとか体育で仲間外れにされた～とか、ちょっとノートに落書きが～とか、そんな程度で……」

「いや、十分きついと思うけど……」

なんか覚えあるなあ。

そういえば俺も、小学生の頃は似たような境遇だった。それでも花さえあれば、他には何もいらなかったけど。

城山さんが苦笑した。

「ウジウジしてたから、話しててイラッとしちゃうんですかね……」

「…………」

それから城山さんは、ビシッと敬礼ポーズを決める。

「でも〝you〟様は、あの日、あたしに生きる希望をくれたッス！」

「生きる希望？」

「あの日、人生に絶望するあたしに〝you〟様は素敵なアドバイスをくれました！」

「ほう……？」

何を言ったんだ日葵……。

この様子だと、かなり真面目なことを言ったっぽい。あいつにしては似合わな……いやどうだろ。俺や榎本さん以外には、あいつ基本的にリーダーシップあるからなあ。

これは日葵の違う一面を知るチャンス……とか俺がドキドキしながら聞いていると、城山さんは目をキラキラさせて教えてくれた。

「『最終的には可愛いほうが勝つから、今は可愛さ磨いてこ♪』って」

「確かにあいつはそう言うわ……」

極めて平常運転だった。

しかし城山さんは、いたって真面目な声色だった。

「でも、そのいつも通りっぽさが、すごくカッコよかったッス」

「………………」

今の話で合点がいった。

この子は〝you〟に憧れてるんじゃない。

それが日葵だったから、憧れることにしたのだ。確かに日葵はお調子者で性格最悪なところあるけど、決して誰かを否定したりはしない。

（そういえば、俺も最初はそうだったな……）

アクセ100個売ってクリエイターになるとか馬鹿な夢を見ているやつでも、その手を差し伸べるのが日葵なんだ。

目の前にあるアクセたちを見つめながら、ふと思う。

（この尊敬を忘れなければ、日葵との恋を優先して生きることができるのかな……）

俺の目標だけじゃない。

これから日葵と一緒にアクセをやっていく上で、何をすべきなのか。俺はこの文化祭の販売会で、何を得るべきなのか。

まさか中学生の城山さんに、初心を思い出させられるなんて思わなかった。

「ただ弟子入りはやめといたほうがいい。いやマジで」

「えぇー……。普通、そういうこと言います……？」

いや、だって〝you〟って俺だし。

日葵を目指したいなら、俺じゃなくて別ルート目指すべきだろ。これはちゃんと説明して、正しい道に誘うべきでは？

「城山さんは、なんで布アクセを？」

「本当は花のアクセにしたかったけど、生き物系は苦手で……お姉から手芸とか習って、それで花を作ろうと思ったんです」

「確かにこの髪飾りとか、すごく出来がいいよね」

「そ、そうですか……？」

「いや、すごいと思うよ。この花びらの繊細さ、うまく表現できてるし。遠目では本物の花だって思うんじゃないかな」

中学三年でこの技術力か。

きっと才能もあるんだろう。でも、何よりこれは好きって気持ちが込められている気がする。花というよりも、その花を通して見ていた憧れの人が。

……こういうクリエイターの在り方もあるんだな。

「日葵にも褒めてもらえるといいね」

「……は、はいッス」

城山さんは、ちょっと照れた様子で頷いてくれた。

少しだけ打ち解けてくれた気がする。それが嬉しかった。やはりクリエイター同士、身分は明かせなくとも通じ合うものが——。

「いつか悠宇センパイを蹴落として、あたしが〝you〟様のパートナーになるッス！」

「んんんん？」

同志じゃなくて壁扱いだったかあ。そのうち越えるんじゃなくて蹴破られそうだ。向上心があってよいと思います……。

城山さんがどうして〝you〟の弟子になりたいのかはわかった。

まあ、こんなちょっといい話を普通に忘れてるってのも日葵らしいよな。あいつにとって、それは忘れるような当たり前のことで、それこそあいつの人柄だ。

（とりあえず、この事実は日葵にラインで報告しとこ）

俺はスマホに目を落とした。

「んん？」

あ、日葵からラインきてる。ほんの数分前だ。

もしかして、移動販売のアクセがなくなったとか？　それなら補充の準備を……え？


『ゆうたいへんおきゃくざたくさをいかいよ』


なんて？

なんかめっちゃタップミスしてる。

「城山さん。これ、どういう意味だと思う？」

「んー。ちょっと待つッス」

城山さんがスマホを取り出して、これと同じ文面を打ってみる。そこからミスっぽいところを打ち直していき……城山さん実はめっちゃ頭いいね？

そして城山さんは「これですか？」と、文面を見せた。

「ゆうたいへんおきゃくさんたくさんいくよ……？」

どゆこと？

ゆう、たいへん、おきゃくさん、たくさん、いくよ？

悠宇（ゆう）、大変、お客さん、たくさん、行くよ？

『悠宇（ゆう）、大変！　お客さん、たくさん行くよ！』

……お客さん？

販売（はんばい）会場にお客さんは……いない。

「日葵（ひまり）の移動販売（はんばい）のほうだけ儲（もう）かってるのかな？」

「さすが〝you〟様。神ッス！」

……とかのんきに話しているときだった。

ドドーッと女子生徒が雪崩（なだ）れ込んできた！

「えっ⁉　ちょ、どういうこと⁉」

「…………っ⁉⁉」

唖然（あぜん）としている俺たちに、女子生徒たちが口々にまくしたてている。餌（えさ）をもらう雛鳥（ひなどり）のようだ……。

その内容を聞くに――。

「花のアクセを売ってるとこってココ⁉」

「スーツのカッコイイお兄さんが言ってたやつ！」

……スーツのカッコイイお兄さん？

俺の脳裏を、高笑いするイケメンが過った。あっと思って、慌てて文化祭のしおりを開く。

予定では……ディベート大会は、午後3時半で終了だ。

さっきグラウンドで数学の笹木先生が言っていた。

『にゃん太郎。おまえ、ディベート大会が終わったら気合い入れて待ってろよ。雲雀に引き寄せられる女子どもがこぞって買いにくるはずだ』

……これは、さすがと言うべきなんだろう。

俺たち〝you〟の専属モデルたる日葵のお兄さんも、紛れもなく怪物級の広告塔であったのだ。

ディベート大会が終わり……。

ナツのアクセ販売会に大量の雌豹どもが雪崩れ込む様子を眺めながら、オレは呆気に取られていた。

「……この完璧超人め。何をどうやったら、あんな現象を引き起こせるのだ」

隣で優雅に微笑む雲雀さんに、オレは悪態をつく。

「ハッハッハ。プレゼン能力の高さは、僕の自負するところだからね」

「もはや洗脳ではないか。犬塚家では何か法に触れるようなものを扱っておるのではあるまいな？」

「まさか。己の腕と根回しで正面から叩き伏せるのが、我が家の教訓だからね」

「それは果たして正面と言えるのか……」

オレたちからやや距離を置いた場所で、咲良さんが面倒くさそうにネックレスを指で弄んでいた。

「あんたら、本当に仲いいわよねえ。さっきのディベート大会も、ずっと二人でイチャついてたじゃない」

「聞き捨てならんなァ。どこが仲よく見えるのだ？」

「そうやって指摘したらムキになるところかしら」

咲良さんがフッと嘲笑しながら（この女、本当にムカつく）、雲雀さんに目を向ける。

「で？　雲雀くん、うちの愚弟の手助けしてＯＫなわけ？　普段の可愛がりはともかく、こういう直接的な援助は好まないんじゃなかった？」

「援助しているつもりはないさ。せっかくロープライス品の販売会なんて面白いことに挑戦しているんだ。その構造的利点と欠点を、身をもって把握するいい機会だと思ってね」

雲雀さんが月下美人のイヤリングを外し、それをオレに渡してくる。

どうやら、後でナツに返しておけということらしい。……さっきのディベート大会での負けもあるし、ここは素直に受け取る。

「ハァ。貴様、やはり援助しておるではないか。ナツに甘すぎではないか？」

「そうかもしれないね。なにせ僕はいつだって、挑戦する男子の味方さ」

「……っ！」

こいつ……。

オレが感じていた違和感……やはりそういうことだったか。オレが睨みつけると、雲雀さんはスカした笑みで返す。

「慎司くんが『3つの条件』で何を狙っているのか。ぼんやりとではあるが、僕も予測はついている」

「よく言う。どうせすべて見通しておるのであろう？」

「ハッハッハ。そうでもないさ。なぜなら僕は、凛音くんという人間を知らないからね。結局は予測の範疇を出ないのは事実だ」

「では、なぜオレに手を貸すようなことをする？　貴様の行動のせいで、オレの手は何段階かすっ飛んだぞ？　日葵ちゃんの味方ではなかったのか？」

「もちろん僕は日葵の味方さ。日葵が正しく悠宇くんの運命共同体でいられるなら、ね」

意味深な条件付けを言う。……いや、この場合はわかりやすいくらいか。この男がここまで本心を表に出すのも珍しい。逆に嘘がないか勘繰ってしまうぞ。

「必要あらば実の妹も犠牲にするか。血が通っておるとは思えんな」

「僕は悠宇くん推しだが、日葵とのカプ推しというわけではないからね。場合によっては、慎司くんと歩み寄ってもいいと思っているくらいさ」

「御免だなァ。オレはオレのやり方で目標を達成する。貴様と組むなど鳥肌が立つ」

「フフッ。そんなに子犬のように吠えられると、可愛がりたくなってしまうな」

二人で「フフフ」「ナハハ」と笑い合っていると、咲良さんがうんざりしたようにぼやいた。

「あんたたち、性格悪すぎよ」

「咲良くんには言われたくないな」

「咲良さんには言われたくないなァ」

いけしゃあしゃあと言う咲良さんに、二人でツッコんだ。

……とにかく。

ナツはこれから30分間ほど、地獄を見ることになるだろう。あの気取った箱と販売計画に潜む致命的な欠陥が浮き彫りになるはずだ。

そのとき、どのような化学反応が起きるか。

まったく楽しみだよ。オレは性格悪くないので、素直に楽しみだ。

ちょっと待て。

何が起こっている？

わいわいとアクセを楽しむ女子生徒たちに、俺と城山さんは右往左往していた。

おそらく雲雀さんの影響だろう。この空き教室が一杯だ。販売会場の外の廊下にも、長蛇の列ができている。

もはや順路も何もない。次から次にやってくる生徒や来賓のお客さんたちが、展示用のアクセを取って会計にやってくる。

城山さんはもとより、俺も手が回りきらない。

「あの、このアクセについて聞きたいんですけど！」

「こっち、まだー？　ずっと待ってるんだけどー」

と言われても！

会計作業と、売れた分の在庫を並べるので一杯一杯だ。

もはや展示用とか在庫用とか関係ない。あるだけのアクセを積んで、それをワゴンセールよろしく取っていくだけ。

でも、確実に数は捌けている。

日葵と榎本さんの移動販売も生徒たちに引き留められてるせいで、こっちに戻ってこられないらしい。

とにかく今は、お客さんの流れを止めないことだけに集中しろ。

(中学のときを思い出すな……)

紅葉さんのTwitterの影響で、わんさかお客さんがきたときのことだ。

あのときは予想だにしない事態に、頭の中が真っ白だった。今は二人で対応する分だけ、少し余裕があるけど……正直、あのときよりきつい。

理由は明確だ。

あのときは一日かけてやってきたお客さんが、この30分間に凝縮されているのだ。ディベート大会というライブの雰囲気に染められた女子たちが、その熱量のまま来店している。お客さんの勢いが、はるかに強力だった。

気を抜けば呑まれる。

「すみませーん。この花って、何て名前ですか？」

「あ、それはガーベラです！」

「へー」

……って、終わりかい！

いや、いいんだけどさ。ただ、このタイミングで聞かれるのはきつい。俺がお客さんに説明する前提での商品陳列だから、商品の解説ＰＯＰとか用意してなかったのが響いている。

「ねえ、こっち！」

「あ、すみません！」

慌てて別の女子生徒に向いた。

ちょっと目つきが鋭くて怖い。たぶん三年生だろうな……。彼女はさっきも売れたキキョウのイヤリングを差し出して、つっけんどんに言った。

「これ、もっと綺麗なのない？」

「き、綺麗というと？」

「ほら、色がピンクとか……」

「すみません。今回のキキョウはその青みのある色だけです。それは桔梗色って呼ばれるもので、まさにキキョウの代名詞としても知られていて……」

「はあ？　そういうの聞いてないから。ないの？」

「……な、ないです」

ばっさり切り捨てられ、俺は渋々答えた。彼女は「態度悪ぃー」と吐き捨てながら、買わずに出て行った。

(俺が何をしたって言うんだ……)

いや、今は落ち込んでる場合じゃない。

俺が油断した隙に、城山さんのほうでトラブルが起きていた。数人の女子生徒が、城山さんに詰め寄っている。

俺は慌ててフォローに入った。

「ど、どうかしましたか?」

「この子さー。わたしが商品、盗んだとか言うんだよー」

「えっ⁉　城山さん、どういうこと……?」

城山さんはうつむき、震えながら言った。

「持ってきたアクセと、会計の数が合わなくて……」

帳簿を見ると、女子生徒たちがアクセを4つ持ってきたはずなのに、会計の段階で3つに減っていたらしい。

つまり城山さんが会計の手続きで目を離した隙に、こっそりアクセを隠した?

こんなにドタバタしているなら、そのくらいのことは簡単にできるだろう。高校生にとっても500円は決して安くないし……。

でも万引きのために、こんな面倒なことするのか？

こっちは会計で手一杯だし、やろうと思えばここまで持ってこなくても……。

（あるいはこの女子たちの言うように、城山さんの数え間違いの可能性もある。この忙しさの中ならミスをしてもおかしくないし……いや、それはないはず）

俺は城山さんを信じる。

お姉さんの雑貨店を手伝っているだけあって、彼女の仕事は丁寧だ。かといって、ここで証拠もないのに泥棒扱いするわけにはいかない。

……俺はぎゅっと唇を噛んだ。

「すみませんでした。とりあえず、確定している分だけのお会計をよろしいでしょうか」

「はあ？　泥棒みたいに言われて謝るだけ？」

まあ、そうなるよな……。

どうする？　ここで日葵ならにっこり笑ってうまくやってくれるんだろうけど。でも、ここには俺しかいない。どうするのが正しいんだ？

「……わかりました。今回だけ、料金は結構です」

「え、ほんと？　うわー、ゴメンねー。そんなつもりなかったんだよー」

……よく言うもんだよ。

その女子生徒たちはキャイキャイと騒ぎながら出て行った。

（あの人たち、結局、何がしたかったんだ……ん？）

その女子生徒たちに廊下で合流したミドルボブの女子。

なんか見覚えがあると思ったら……あの六月のアクセ騒動のとき、俺のアクセを壊した一年生の子だ。

ニヤニヤしながらこっちを見てるし、あのときの意趣返しのつもりか……。どうりでわざと見つかるように会計まで持ってきたわけだ。

……くそ、まさかこんな形で仕返ししてくるとは思わなかった。てか、あのとき笹木先生に怒られたのは俺のせいじゃないだろ。

（いや、今はそれどころじゃないか……）

俺は城山さんに向いた。

気まずそうだった。明るそうに見えても、元々、人付き合いが得意な子ではないらしい。それがこんな年上だらけの場所で頑張ってくれたんだ。

「あ、あたし、その……」

「うん。わかってるよ」

「で、でも……」

「大丈夫。日葵はそんなことで怒ったりしない。これは販売会を甘く見てた俺のせいだ」

……そうだ。

この状況を作ったのは、紛れもなく俺だ。この販売会のプロデュースを日葵に任せたからといって、当日のシミュレーションを怠っていた。

今、この販売会場の欠陥がよくわかる。

ロープライス品で利益を達成するとき、重要なのは『カジュアルさ』だ。

手の多さと回転率を重視し、店員を介さず、お客さんの中で完結する売り場づくり……とでも言えばいいのか。

俺が紹介するまでもなく、POPなどで『これがどんなアクセなのか』ということがわかり、自己判断で好みのものをチョイスできる販売会場。店側が行うのは、素早くシンプルで機械的な会計作業だけだ。

真木島が指揮していた焼きそば店がいい例だ。

お客さんを三列に並べて、早さに特化して次々に商品を提供するスタイル。焼きそばという王道商品だからこそ、あえて説明はいらない簡潔さ。

お昼に雲雀さんたちから指摘されたことが、そのまま結果に出ている。

俺たちがやろうとした『天馬くんの個展に似せた空間』は、ロープライス商法とは相性が最悪だ。人手も足りなければ、作業もマニュアル化されていない。

挙句、さっきの女子生徒たちのような暴挙を許してしまう隙だらけの販売会。……もしかしたら、他にも万引きのようなことをしているお客さんがいるかもしれない。

単価500円以内の課題が出たときから、想定して然るべきだった。

この状況は、俺の甘さが招いた結果だ。

(でも、ここでやめるわけにはいかない……)

文化祭初日の終了まで、あと30分ほど。

お客さんの数は、少しずつ減っている。販売の負担が減れば、それだけ対応も早くなる。

(それは、いいんだけど……っ!)

……周囲を見て感じる。

花たちが雑に扱われている。

本来、もらわれるべきでない人のもとへ行く花たちの悲しみを感じる。もしかすれば俺がそう思いたいだけなのかもしれないけど。

心を殺せ。

それがこのロープライスアクセの販売会における必須条件だ。

大丈夫、大丈夫だ。

アクセは一期一会だから。

できればいい人にもらってほしいけど、必ずそうなるとは限らない。

だから俺は大丈夫だ。俺はやる。このチャンス、せめて絶対に黒字にする。そしてこの失敗も、これからの糧にする。

もう二度と、花に悲しい思いをさせないために。
日葵と一緒に、ちゃんと運命共同体としてやっていくために。

俺は何度でも、こんな経験を乗り越えて——。

（……あれ？）

ふと脳裏を疑問が過る。

『俺がやりたかった販売会って、これだったのか？』

あの夏休み。
紅葉さんに負けて、俺は自分の弱さを知った。
そのとき夢も恋も全部を摑んで持っていけるような、強いクリエイターになるって決めた。
日葵への恋も、強いクリエイターを目指すっていう夢も大事だ。
それを日葵もわかってくれて、だからこうやって一緒に販売会ができるんだ。

でも、この状況はなんだ？

あんなに激しく焦がれた販売会だった。

それなのに、なんでこんなに胸が張り裂けそうな気持ちに苛まれてるんだ？

俺の大事な花たちを犠牲にしてまで、俺は何を掴みたかったんだ？

俺の一番大事なものって何だ？

俺が何よりも守るべきものって何だ？

俺は本当に、夢も恋もどっちも欲しかったのか？

俺の目指す理想のクリエイターって——本当にこの道の先にあるものなのか？

Epilogue

再生

文化祭の一日めが終わった。

外からは、文化祭の片付けをする生徒たちの声がしている。

赤い夕陽（ゆうひ）が差し込む販売（はんばい）会場で——アタシたちは準備してたクラッカーを鳴らした。

◇◇◇

「黒字化、おめでと〜〜〜〜!!」

一日めにして、在庫の八割が販売完了（はんばいかんりょう）！

結果として、ギリギリ黒字ラインに到達（とうたつ）！

アタシたち〝you〟の記念すべき最初の販売会（はんばいかい）は、大成功で幕を下ろした！

え？　大成功だよね？
これ二日間で売り切れるかなーって感じだったもんね？
いやー、ラストの怒涛の展開はヤバかったなー。
外回りしてるアタシも、てんやわんやだったもん。
悠宇たちもうまくやれたみたいだし、ほんとよかったなー。

（ま、これもアタシのプロデュース能力のおかげってことだよね！）

アタシの功績はアタシのもの。
お兄ちゃんの功績も、アタシのもの。
アタシの十八番である『おねだり』の賜物と言っていい。
販売会場の設計ミスってトラブルもあったけど、別の部分で盛り返すことができた。
これをプロデュース能力と言わずに何という。
色々と迷うこともあったけど、結果がすべてだもん。
やっぱり、アタシは悠宇の夢のパートナーとしても完璧な存在といえる！
嗚呼、この神に愛されすぎたアタシが怖い。
悠宇！

いつか破滅のときが訪れるまで、ずっと一緒にいようね♡

……なーんちゃって。

そんなときはこないいんですけどねー。ぷっはっはー。

「日葵。お疲れ」

「うん！　悠宇もお疲れ様♪」

アタシと悠宇は、楽しいハイタッチを交わした。

楽しいハイタッチ……。

……楽しい、ハイタッチ？

「ラストのお客さんたちはすごかったよ。日葵と榎本さんが外で捌いてくれなかったら、この会場はマジでパンクしてた」

「う、うん。そうだよなー。アタシもびっくりしちゃったもんなー」

あはは一と笑いながら、悠宇から顔を逸らした。

……あれ？

アタシは今の違和感を打ち消すように、頭をブンブン振った。

き、気のせいだよなー？

えーっと、その……あっ！

「えのっちも、お疲れ様♪」

「うん。ひーちゃんもお疲れ」

えのっちとも、功績を労い合うのだー。

いやー、しかしえのっちもすごいよなー。

あの怒涛の客足で、まったく衣装が汚れてないんだもん。

これレンタルだから、破れてたらどうしようかと思っちゃった。

「あ、芽依ちゃんもお疲れ様♪」

「はいッス……」

芽依ちゃん、ちょっと元気がなくなってる……。

さすがにけっこう疲れてるみたいだなー。

これはしっかりとフォローしてあげなきゃ。なんたって、アタシたち〝you〟の初めての弟子なんだからさー。

アタシはヨーグルッペを差し出した。

「はい。甘いもの好き？」

「あ、ありがとうございます……」

芽依ちゃんがちゅーっと乳酸菌を補給する。

そんな感じで勝利の余韻に浸りながら、アタシたちは片付けを行っていた。

悠宇は在庫のアクセを段ボール箱に詰めながら、何かブツブツ言ってるみたい。

あ、お花に語り掛けてるんだ。

さっすが悠宇、いつだってお花に愛を注ぐ美貌の錬金術師（笑）だね！

アタシ、そんな悠宇が大好きだぞ――。


悠宇の目が死んでた。


………。

……あれー？

黒字、なったよね？

アタシたちの目標、達成できたよね？

もっと喜ぶと思った……っていうか、いつものお目々キラキラはどこいったの？

てっきり悠宇のことだから、次の目標とか描いて「うおーっ」と燃えてると思ったんだけど。

なんだ？

この寒気がするような違和感は……？

「あのさ、悠宇？　なんかあったの……？」

「え？」

悠宇は死んだ目のまま、首を振った。

「いや、別に……」

「ふ、ふーん。そっか……」

……いやいやいやいや。

明らかに何かあったでしょ。

悠宇がこんなやせ我慢してるの、アタシ初めて見たよ！

アタシは芽依ちゃんに耳打ちした。

「芽依ちゃん。悠宇、何かあった？」

「悠宇センパイですか？」

「ほら、販売会で何か言われたとか、アクセ壊されたとか……」

「……ちょっとトラブったの助けてもらいましたけど、ずっとあんな感じでしたよ？」

まあ、わからないよなー。

とにかく悠宇がメンタルやられてることはわかった。

ここは運命共同体たるアタシが何とかすべきだよね！

「悠宇。あのね……」

「あ、そうだ。日葵」

「えっ⁉ な、何かなー？」

いきなり話を振られて、アタシはつい引いてしまった。

それがミスだった。

悠宇は穏やかな笑顔で、アタシに言ったのだ。

「販売会は黒字になったし、明日は日葵の日にしようか」

「え……」

その言葉の意味を考える。

販売会は黒字。

目標達成。

在庫も少ないし、もう続ける意味はない？

ということは？

明日は——。

「いいの⁉」

「ああ。日葵も我慢してくれたし、黒字は達成できたしな」

明日は文化祭を楽しむ日！

夢のほうは終わったから、明日は恋を頑張る日！

つまりご褒美の日！

アタシは「やったーっ！」と舞い上がった。

芽依ちゃんの手を取って、一緒に喜びの舞を踊る。

「芽依ちゃんも一緒に遊ぶよねー？」

「いいんですか!?」

「もっちろーん♪　もっと仲よくなろうねー？」

芽依ちゃんも嬉しそうに目を細めた。

なんて素直で可愛い年下の女の子かしら。

今回の文化祭は楽しいなー。

アタシが夢のパートナーにふさわしいと証明されて、こんな可愛い後輩もできちゃった。

これが夢なら、ずっと覚めないでほしいよねー♪

そう……。


――あまりにも状況ができすぎていて、アタシは油断していた。

悠宇から文化祭を楽しもうって言ってくれたのが嬉しくて気づけなかった。

アタシが喜んだ瞬間——悠宇が少しだけ悲しそうにうつむいたのを。

「よーし！　それじゃ、今日は片付けを頑張って——」

と、アタシたちが盛り上がってるところで——。


「それはダメだよ」


待ったをかけたのは……それまで黙っていたえのっちだった。

えのっちは真剣なまなざしで、アタシたちを見つめている。

「え、えのっち？　なんで……」

「販売会は続けなきゃダメ。そんなの、ひーちゃんが遊びたいだけじゃん」

「そんなことないよ。悠宇が言ってくれたんだし……」

あれ？

悠宇は黙っているだけだ。

なんだ？

なんでアタシのほうがおかしい感じなんだ？

「あ、もしかしてえのっち、誘ってもらえないと思って妬いてたなー？　もちろん、えのっちも一緒だよー♪」

――ぺしっと、えのっちがアタシの手を叩(たた)いた。

場が凍(こお)り付(つ)いた。

えのっちは静かに……でもはっきりと響(ひび)く声で告げた。

「しーくんの『3つの条件』あったよね。意見が割れたら、わたしを優先すること」

「……っ!?」

文化祭の前。

真木島(まきしま)くんが提案して、悠宇(ゆう)が受け入れた『3つの条件』。

1つ。文化祭が終了(しゅうりょう)するまで、アクセ制作のときは三名が常に一緒(いっしょ)に行動すること。

2つ。アクセのモチーフは『えのっち』であること。

3つ。メンバーの意見が割れたときは、えのっちの意見を優先すること。

えのっちは、今度は悠宇(ゆう)に向いた。

「ゆーくん。文化祭で思い出作りがしたかったの？」

「そ、そんなつもりじゃ……」

「じゃあ、なんでもう終わった気でいるの？」

「だって黒字になった。目標は達成したし、残りは日葵と遊ぶ時間に回しても……」

「それは——」

えのっちは一際大きい声で、それを遮った。

「それは、雲雀さんたちのおかげだよね？」

「……っ!?」

えのっちは辛辣に追及を続ける。

「ゆーくんは、何をしたの？」

「そ、それは……」

アタシはそれを、呆然と聞いていた。

悠宇はアクセを作った。

それが悠宇の役割のはずだ。

外の世界に発信するのは、アタシの役割だ。

だからアタシがプロデュースして、黒字に導いた。

それはずっと、アタシたちの間にあった約束だった。

目標はこうして達成できたはずだった。

なのに、なんで悠宇はこんなに泣きそうな顔をしているんだろう。

「……もう、やりたくないんだよ」

ぽつりとこぼした言葉は、まるで悲鳴。

嫌な予感がした。

アタシはとっさに耳を塞ごうとして——でも、できなかった。

「販売会で黒字を目指してた。ロープライス商品と会場づくりの関係も一つわかった。実際に一日めで黒字を達成できた。これ以上ないくらいの大成功なんだ……」

そして苦しそうに叫んだ。

「でも、俺の花たちはこの販売会を望んでいなかった……っ！」

悠宇の中で、何かが折れていた。

それはきっと夢だと思う。

あんなに追い求めていた夢の花が、根元からぽっきり折れている気がした。

それでも認めたくなくて、何かを掴みたくて……なお心が叫んでいるみたいだった。

「東京の個展で、見えたんだよ。ペチュニアのアクセが売れたとき、なんかキラキラしたものが俺を未来に向かって示してた。その先には天馬くんがいて、早苗さんがいて、みんな一生懸命、そ、その向こうにたどり着きたくて走ってるのが見えたんだ……」

その言葉を、アタシは理解できない。
だってアタシは、一緒に東京へ行ってないから。
悠宇が、アタシに理解できないことを言っているのが——すごく嫌だった。

「俺は、そ、そこに行きたかった。でも、そこは……」

悠宇はぎゅっと歯を食いしばった。
その瞳が、どろりと濁っているのがわかった。

「そ、そこは、俺の花たちが喜んでくれる場所じゃなかった。俺は天馬くんみたいに、自分を殺してまで強いクリエイターにはなれない。それなら日葵が望むように、これまでと同じように自分たちのペースでやったほうがいいだろ。だから……」

『もう夢なんていらない』

決定的な言葉を告げる瞬間。
えのっちが両手で――悠宇の両頬をパンッと張った。

むぎゅっと挟まれた悠宇の口が、アヒルみたいになっている。

「……へ、へのもほさん？」

その顔を真正面から睨んで、えのっちが言った。

「これで頭、空っぽになった？」

むぎゅむぎゅと悠宇の頬をこねながら、えのっちは凛とした態度で告げる。

「それは道が違っただけでしょ？　ゆーくんは、まだどこにもたどり着いてない。知った風な口を利くのはやめて」

えのっちの言葉に、悠宇はまるで目が覚めたかのように震えた。

「行き止まりだったなら、また歩けばいいじゃん。引き返して、別の道を探して歩けばいいよ。だって、まだアクセあるじゃん。販売会だって、あと一日あるよ」

そして、にっと微笑んだ。

挑戦的な笑みだった。まるで男をたぶらかす悪女のように綺麗な笑顔。それなのに、どうしてこんなにも優しく慈愛に満ちているのか。

アタシはその表情から、目を離せずにいた。

だってえのっちが、すごく綺麗だった。

「間違ったからお終いじゃないよ。いつまで箱庭の中にいるつもりなの？　外で生きていくって決めたんでしょ？」

そして最後に、まるで突き放すかのように耳元で告げる。

「最後まで足掻かないやつに、経験値なんぞ入るかアホタレ」

「…………」

悠宇の濁った瞳が、少しだけ揺らいだ。

それは一瞬だけ。

少しずつ、その瞳にチカチカと輝きが増していく。


夢が、再び呼吸を始めていた。


無理やり抑えつけられて、ずっと眠っていた感情が目を覚ましたように。

何度、忘れても、また必ず立ち昇る感情があった。

一度は折れても、また立ち上がって。
一度は目を背けても、また追いかけて。
一度は諦めても、また新しい道を見つけて挑戦する。

夢を叶える人って、きっとこういう人のことをいうんだろうなって思った。

たとえ捨てても、また何度でも拾っていく。
使い古されて、擦り切れて、もう元の形なんてわからなくなっても。
なお純粋な感情を持って進み続ける人が、きっと夢を掴むんだ。
他のものには目もくれない。
他に何もいらないって人だけがたどり着く場所が、きっとこの世界にはあるんだろう。

えのっちは今、応えた。
それはアタシがやるべきことだったのに。

——じゃあ、今のままのアタシじゃダメなの？

◇◇◇

販売会の片づけを終えて、ＨＲが終わった。

悠宇は明日の販売会のために、芽依ちゃんと販売会場の再設計に行った。

アタシは――えのっちと二人で園芸部の花壇の前にいた。

何も植わってない花壇に、ぽつぽつと小さな雑草の芽が増えている。それを眺めながら、えのっちが言った。

「ひーちゃん」

「な、何……？」

ドキッとして聞き返した。

ひどく居心地が悪くて、アタシは前髪をみょんみょんとつまんでいた。

「前にゆーくんが、アクセ壊されたときのこと覚えてる？」

「う、うん……」

あれは六月のことだった。

悠宇が学校の生徒にオーダーメイドアクセを作って、その一人がそれを壊した一件。そのせいで、この文化祭での悠宇の販売会には、大きなペナルティが科せられた。

あのとき悠宇は「アクセ作りをやめて休養する」とまで言い出した。

「あのとき、ゆーくんがアクセ作り休みたいって言ったの、ひーちゃんが止めたよね？　一緒に上を目指し続けるって決めたはずだよね？　なんで今更、甘やかすの？　さっきみたいなの、なんでわたしに言わせるの？」

「そ、それは……だって……」

だって。

何？

だって、何なの？

アタシは――何がしたいの？

「恋人になれたからもういいやって思ったの？」

えのっちの言葉が、アタシの胸を鋭く刺す。

息苦しくて、まるで溺れるみたいに苦しかった。

何かを言おうとしても、言葉にならない。

だってアタシに、えのっちを納得させる言葉はないから。

アタシは油断した。

頑張って夢のパートナーであり続けられることを証明しようとしたのに、最後の最後で油断した。悠宇と文化祭を満喫できるチャンスだ。ぶら下げられたニンジンに、つい飛びついていた。

「ひーちゃんにとって、ゆーくんと目指す夢ってその、程度なの？」

「…………」

ぽろっと、一筋の涙が流れる。

えのっちの言葉が間違ってるんじゃない。

全部、正しい。

正しいから、こんなに痛い。

アタシはいつの間にか、道を間違えていた。

いつからだ？

いつからアタシは、自分の進んでる道がずっと変わらず正しい道だと思ってたんだ？

気づけば、もう何も見えない。

濃い霧の中で、アタシは立ち止まっていた。

これまで夢だと思っていたものは。

悠宇と一緒に歩く、幸福への道だと思っていたものは。

全部、まぼろしだった。

甘い曖昧が心地よく、残酷な決断をすることを忘れていた。

それは運命共同体にとって、最も害悪だって知ってたはずなのに。

アタシが返事を言葉にできずにいると、えのっちがため息をついた。

「じゃあ、運命共同体はわたしがもらうね？」

えのっちの瞳は——本気だった。

あとがき

「七菜さん。次巻で文化祭……始まりますよね？」

だんじょる6の打ち合わせは、そんな担当氏の問いかけから始まった。

担当氏の声音は真剣であった。

これまでの七菜の犯した所業の数々と、ストーリーの進行具合を鑑みた結果、実はまだ始まらないんじゃ……と疑念を抱くのは当然である。

シーズン2は、文化祭編である。

それを意気揚々と語っていたのは、紛れもなく七菜本人のはずなのだ。

しかし七菜は、まったく反省の色を見せなかった。

「文化祭って、準備期間が一番楽しくないですか？」

担当氏は激怒した。

かの邪知暴虐の作者を除かねばならぬと決意した。

「始めろ」

「はい……」

ということで、無事に文化祭編へと突入したのでしたーっ！ 七菜です。今巻もありがとうございます。

いえ、フィクションです。

担当氏はとてもお優しいです。こんな圧をかけてくる人ではないです。本当です。いつもありがとうございます。

さて東京旅行から始まったシーズン2も、次巻でラストになると思います。

ちょっと不穏な雰囲気になっていますのでね。少しだけ予告をしておきましょうね。

ついにその片鱗を見せたアクセ連合たちの罠！（ウソです）

城山芽依、彼女こそ『組織』から送り込まれた一人めの刺客だった！（ウソです）

命懸けの死闘を皮切りに、次々と悠宇の行く手を阻む強者たち！（ウソです）

悠宇を守るため敵の手に堕ちる真木島、それを秒で見捨てる日葵!?（半分ウソです）

そして無慈悲なる凶刃が〝you〟に迫る！（ウソです）

全部、ウソです。信じるなよ☆

★☆　お知らせ　★☆

この『だんじょる6』と一緒に新作を出させて頂いております。

電撃文庫一月刊
『少年、私の弟子になってよ。～最弱無能な俺、聖剣学園で最強を目指す～』（わたでし）

「ええっ⁉　あのスペクタクル面白そうな現代ファンタジー……七菜が書いてるの⁉」

　って思った貴方！


そうなんです！　七菜なのです‼


ほら、それだけで期待値爆上がりの購買意欲高騰まったなしですね。

おそらく今日、書店に行ったばかりの貴方。

大変、申し訳ございません。また明日もご足労をかけることになって、本当に申し訳ないです。しかし損はさせな……え？　明日は予定あるから無理？

………………では、明後日とかでお願いできると幸いです！　友だちと遊びに行ったついでとかで全然オッケーです！　ありがとうございます！

温泉街の巨大学園を舞台に、無能の少年と世界最強の美女が師弟の絆で結ばれる——聖剣スポ魂ファンタジー。

「ウザ可愛お姉さんと目指せ、聖剣士の頂点へ！」な物語をよろしくお願い致します。

★☆　スペシャルサンクス　★☆

担当編集K様・I様、イラスト担当のParum先生、制作関係者の皆様、販売に携わってくださる皆様、今巻も大変お世話になりました。二冊同時刊行という状態で七菜もよくわからなくなっていたのですが、今度こそ〆切は守れていたのでしょうか。できていたら嬉しいです。

実はできていなかったら……本当にすみませんでした。

読者の皆様、今巻もお手に取って頂きありがとうございます。ここまできたら何が起こっても驚かないだろうと信じてますよ。


それでは『だんじょる？』は秋の物語の終演へ。

そして、その先の冬の物語……さらにその先にある雪解けの物語まで、お付き合い頂けますと幸いです。

次巻は地獄で会いましょう。

2022年12月　七菜なな

――日葵、“you”脱退へ?

文化祭二日め。凛音の陣頭指揮により、
販売会は大盛況で幕を下ろした。
見せつけられた覚悟と結果。
そして断ち切れない未練。
幸せになることを選んだ日葵は、
近づく冬の一大イベントへの期待に胸を膨らませる。
「世界一可愛いカノジョと、誰にも言えないこと……しよ?」
恋人たちのクリスマス。親友たちのクリスマス。
でも、本当の願いは――。

次   告

男女の友情は成立する？
いや、しないっ!!
Flag 7.
近日発売予定！
七菜なな
イラスト／Parum
電撃文庫

◉七菜なな著作リスト

「男女の友情は成立する？（いや、しないっ!!）Flag 1. じゃあ、30になっても独身だったらアタシにしときなよ？」（電撃文庫）
「男女の友情は成立する？（いや、しないっ!!）Flag 2. じゃあ、ほんとにアタシと付き合っちゃう？」（同）
「男女の友情は成立する？（いや、しないっ!!）Flag 3. じゃあ、ずっとアタシだけ見てくれる？」（同）
「男女の友情は成立する？（いや、しないっ!!）Flag 4. でも、わたしたち親友だよね？〈上〉」（同）
「男女の友情は成立する？（いや、しないっ!!）Flag 4. でも、わたしたち親友だよね？〈下〉」（同）
「男女の友情は成立する？（いや、しないっ!!）Flag 5. じゃあ、まだ30になってないけどアタシにしとこ？」（同）
「男女の友情は成立する？（いや、しないっ!!）Flag 6. じゃあ、今のままのアタシじゃダメなの？」（同）
「少年、私の弟子になってよ。～最弱無能な俺、聖剣学園で最強を目指す～」（同）
「四畳半開拓日記01～04」（単行本　電撃の新文芸）

本書に対するご意見、ご感想をお寄せください。

ファンレターあて先
〒102-8177　東京都千代田区富士見2-13-3
電撃文庫編集部
「七菜なな先生」係
「Parum先生」係

本書は書き下ろしです。

電撃文庫

男女の友情は成立する？（いや、しないっ!!）
Flag 6. じゃあ、今のままのアタシじゃダメなの？

七菜なな

◇◇◇

2023年1月10日　初版発行

発行者　山下直久
発行　株式会社KADOKAWA
〒102-8177　東京都千代田区富士見2-13-3
0570-002-301（ナビダイヤル）
装丁者　荻窪裕司（META＋MANIERA）
印刷　株式会社暁印刷
製本　株式会社暁印刷

ISBN978-4-04-914579-3　C0193　Printed in Japan

電撃文庫　https://dengekibunko.jp/

電撃文庫創刊に際して

文庫は、我が国にとどまらず、世界の書籍の流れのなかで〝小さな巨人〟としての地位を築いてきた。古今東西の名著を、廉価で手に入りやすい形で提供してきたからこそ、人は文庫を自分の師として、また青春の想い出として、語りついできたのである。

その源を、文化的にはドイツのレクラム文庫に求めるにせよ、規模の上でイギリスのペンギンブックスに求めるにせよ、いま文庫は知識人の層の多様化に従って、ますますその意義を大きくしていると言ってよい。

文庫出版の意味するものは、激動の現代のみならず将来にわたって、大きくなることはあっても、小さくなることはないだろう。

「電撃文庫」は、そのように多様化した対象に応え、歴史に耐えうる作品を収録するのはもちろん、新しい世紀を迎えるにあたって、既成の枠をこえる新鮮で強烈なアイ・オープナーたりたい。

その特異さ故に、この存在は、かつて文庫がはじめて出版世界に登場したときと、同じ戸惑いを読書人に与えるかもしれない。

しかし、〈Changing Times,Changing Publishing〉時代は変わって、出版も変わる。時を重ねるなかで、精神の糧として、心の一隅を占めるものとして、次なる文化の担い手の若者たちに確かな評価を得られると信じて、ここに「電撃文庫」を出版する。

1993年6月10日
角川歴彦